위기의 순간,
인간은 어떤 선택을 하는가

고전 단편으로 알아보는
인간의 선택

이반 투르게네프 외 지음

위기의 순간,
인간은 어떤 선택을 하는가

고전 단편으로 알아보는
인간의 선택

이반 투르게네프 외 지음

차례

사람은 때때로 '떠날 수 있다'는 사실만으로 마음이 움직인다. 변화, 탈출, 저항은 언제나 강한 이야기의 힘을 갖는다. 하지만 떠나지 않기로 결정하는 사람들, 말없이 그 자리에 남기로 선택하는 이들의 이야기는 더 조용하고, 때론 더 깊다.

1부에 실린 주인공들은 누구도 그들에게 결단을 강요하지 않았다. 하지만 그들은 스스로, 설명 없이, 변명 없이 '남는 쪽'을 택했다. 그리고 그 선택의 이면에는 각기 다른 삶의 무게와 고요한 저항이 스며 있다.

그들은 어디에도 가지 않는다. 그렇기에 이들의 결단은 목소리보다 강하고, 고요 속에서 오래도록 울린다.

떠나지 않는다는 것은 때로, 가장 강한 선택이다.

1부
남아 있기로 결정한 사람들

무무

이반 투르게네프

모스크바 중심에서 멀리 떨어진 한 골목, 하얀 기둥이 늘어서 있고, 중간층이 있으며, 휘어진 발코니가 달린 낡은 회색빛 저택에 한 귀족 미망인이 많은 하인들과 함께 살고 있었다. 그녀의 아들들은 페테르부르크에서 관직을 맡고 있었고, 딸들은 모두 출가한 상태였다. 그녀는 좀처럼 외출하는 법이 없었고, 쓸쓸한 채로 인색하고 따분한 노년의 마지막 시절을 보내고 있었다. 그녀의 한낮은 이미 오래전에 지나버렸고, 그날들은 기쁨도 없고 평온하지도 않았지만, 그녀의 황혼은 밤보다도 더 어두운 것이었다.

그녀의 하인들 가운데 단연 눈에 띄는 인물은 하인 겸 문지기인 게라심이었다. 그는 키가 크고 체격이 건장한 남자였지만, 태어날 때부터 귀도 들리지 않고 말도 하지 못했다. 그 부인은 그를 마을에서 데려왔다. 게라심은 그곳에서 작은 이즈바[1] 하나에 형제들과 떨어져 홀로 살고 있었다. 그는 농노로서 자신에게 맡겨진 일을 열정적으로 해냈다.

남달리 건장했던 그는 다른 이의 네 배는 되는 일을 해냈으며, 어떤 일이든 거뜬히 해낼 수 있었다. 그가 밭을 갈 때는 보는 이에게 즐거움마저 주었는데, 거대한 두 손바닥으로 쟁기를 움켜쥐고, 마치 말의 힘 따위는 필요 없다는 듯, 땅의 단단한 가슴을 갈라내며 나아갔다. 풀을 벨 때면 그는 낫을

---

1 러시아 전통 목조 가옥

어찌나 세게 휘두르던지, 마치 자작나무들을 뿌리째 쓸어버릴 듯했다. 세 자르신(약 2.1미터) 길이의 타작 막대기로 쉬지 않고 곡식을 두드릴 때면, 그의 어깨 근육은 마치 지렛대처럼 움직이며 단단하게 뻗어 나왔다. 늘 말없이 일하는 그의 모습은 엄숙하고도 진중하게 느껴졌다. 그는 훌륭한 사내였고, 그가 귀머거리이지만 않았더라면 그와 결혼하고자 하는 처녀들이 줄을 이었을 것이다.

그런 게라심이 모스크바로 불려왔고, 그를 위해 부츠 한 켤레가 새로 마련되었다. 여름에는 카프탄[2]이, 겨울에는 모피 외투가 맞춰졌으며, 그의 손에는 삽과 빗자루가 쥐어졌다. 그렇게 그는 저택의 문지기 일을 맡게 되었다.

그러나 그는 처음에 도시 생활을 전혀 마음에 들어 하지 않았다. 어린 시절부터 그는 들판에서 일하며 농촌의 삶에 익숙해져 있었다. 말을 못 하는 자신의 불행 때문에 타인들과는 소외되어 있었고, 기름진 땅 위에 뿌리내린 나무처럼 묵묵하고 강인하게 자라난 남자였다. 도시에 옮겨진 그는 자신에게 무슨 일이 벌어진 건지 도무지 이해할 수 없었다. 그는 혼란에 빠졌고, 아무것도 이해하지 못했다. 마치 갓난 송아지가 푸르고 긴 풀밭에서 평화롭게 풀을 뜯다 느닷없이 끌려가 철도 객차에 실리고, 뚱뚱한 몸 위로는 연기와 불똥,

---

2 허리를 졸라 맨 긴 외투, 러시아 북부 지방의 전통 의상

뜨거운 수증기가 쏟아지고, 요란한 소리와 삐걱임 속에 어디론가로 쉴 새 없이 끌려가는 것처럼 — 그러나 어디로 가는지 아는 이는 오직 하느님뿐인 것처럼 — 그는 그저 어리둥절했다.

한껏 힘든 들일에 익숙해 있던 그에게 새로 맡은 일은 마치 장난이나 다름없게 느껴졌다. 겨우 삼십 분이면 일이 끝났고, 그러고 나면 그는 마당 한복판에 멍하니 서서 입을 벌리고 지나가는 사람들을 지켜보았다. 마치 그들로부터 자신의 기이한 처지를 풀어줄 실마리를 얻고자 하는 듯이. 혹은 그는 마당 구석 어딘가로 숨어들어가, 멀리 던져 버린 빗자루와 삽은 그대로 내버려둔 채, 땅에 뺨을 대고 누워 몇 시간이고 미동도 없이 웅크리고 있었다. 마치 덫에 걸려 잡힌 짐승처럼.

하지만 인간은 무엇이든 익숙해지는 법. 게라심도 결국 도시의 삶에 익숙해졌다. 그의 일은 많지 않았다. 그의 업무라 해봐야 마당을 청소하고, 하루 두 번 물통을 끌고 와서 물을 대고, 땔감을 준비해 부엌까지 배달하고, 외부인을 들이지 않으며 밤에는 저택을 지키는 일이 전부였다.

물론, 그는 자신의 임무를 성실하게 해냈다. 마당 어딜 둘러봐도 나뭇조각 하나, 쓰레기 하나 보이지 않았다. 물이 고인 진창에 물통을 끌던 말이 발을 헛디뎠을 때면 그는 수

레는 물론 말까지 어깨 하나로 밀어내곤 했다. 나무를 패는 날이면 그의 도끼질은 유리처럼 맑은 소리를 냈고, 사방으로 나무 조각이 튀었다. 외부인에 관한 일이라면, 그는 한밤중에 도둑 두 명을 붙잡아 그들의 이마를 맞부딪히게 했고, 그 충격에 더 이상 경찰서로 끌고 갈 필요조차 없었다.

이런 연유로, 동네 사람들은 모두 그를 두려워했다. 대낮에 마주친 낯선 이조차 그 무시무시한 문지기를 보고는 겁먹은 듯 손사래를 치며 무언가를 말하곤 했지만, 정작 그는 아무것도 들을 수 없었다.

게라심은 하인들과 특별히 친밀하지는 않았다. 그들이 그를 두려워했기 때문이다. 그러나 그럼에도 그는 그들을 '자기 사람들'로 여겼다. 그들은 손짓으로 의사를 주고받았고, 게라심은 모든 명령을 빠짐없이 수행했으며, 자기 권리에 대해서도 분명히 인식하고 있었다. 그래서 식사 시간에 그의 자리를 차지하려는 자는 아무도 감히 없었다.

게라심은 대체로 근엄하고 진지한 성격이었으며, 모든 일에 질서가 있기를 바랐다. 심지어 닭들에게도 서로 싸우는 것을 허락하지 않았는데, 그런 광경이 눈에 띄면 그는 즉시 닭의 다리를 잡고, 공중에서 열 번쯤 휘돌린 뒤 갈라놓았다. 부인의 저택 안에는 거위들도 있었다. 거위는 익히 알려졌듯이, 근엄하고 사색적인 새이다. 게라심은 거위를 존중

했고, 정성껏 보살피고 먹이를 주었다. 그는 어쩌면 진지한 표정의 수거위처럼 보이기도 했다.

게라심에게는 부엌 위쪽의 다락방이 숙소로 주어졌고, 그는 그 방을 자기 취향에 따라 직접 꾸몄다. 참나무 널빤지를 네 개의 굵은 나무 기둥 위에 얹어 침대를 만들었는데, 이는 실로 거대한 침대였다. 백 푸드[3]짜리 짐이 얹혀도 휘지 않을 정도였다. 침대 아래에는 튼튼한 큰 궤짝이 놓여 있었고, 방 한쪽 구석에는 그와 비슷한 모양의 작은 탁자가 놓여 있었다. 탁자 옆에는 삼발이 의자가 하나 있었는데, 낮고 단단한 이 의자를 게라심은 쉽게 번쩍 들어 올리거나 내던지고도 그저 미소를 지었다. 그는 자신의 방문을 까만 색의 칼라시니코프 소총과 비슷하게 생긴 자물쇠로 잠갔다. 그 자물쇠의 열쇠는 항상 그의 허리띠에 매달려 있었다. 게라심은 누군가가 자신의 방에 들어오는 것을 좋아하지 않았다.

그렇게 해서 1년의 시간이 흘러갔고, 그 해가 끝나갈 무렵, 게라심에게 어떤 일이 벌어졌다. 그가 지키는 저택의 주인인 노부인은, 오래된 귀족 가문답게 많은 하인을 거느리고 있었다. 그녀의 집에는 세탁부, 재봉사, 목수, 재단사, 여재

---

3 약 1,600kg. 푸드(pud)는 러시아의 무게 단위로 1푸드에 16.36kg이다.

단사는 물론이고, 말을 돌보는 마구간지기까지 있었다. [4] 이 마구간지기는 말뿐 아니라 동물들과 하인들의 치료까지 맡고 있었는데, 말하자면 그 부인의 '가정 수의사'이자 '약장수'였다. 그 외에도 구두장이가 있었는데, 그의 이름은 카피톤 클리모프. 지독한 술꾼이었다.

카피톤은 스스로를 억울하게 평가받고 있는 지식인이라고 여겼다. 그는 자신이 마땅히 수도에서 살아야 할 사람이지, 이렇게 모스크바의 한가운데서도 아닌, 잊힌 구석방에서 무료하게 살아갈 사람이 아니라고 믿었다. 그는 술을 마시는 것도 '서글픔'이라는 오직 한 가지 이유 때문이라고 말했다. 한 마디 한 마디에 힘을 주어 말했고, 자신의 가슴을 내리치며 그 뜻을 강조하곤 했다.

어느 날, 그 노부인은 자신의 하인장 가브릴라와 함께 카피톤에 대해 이야기하던 중이었다. 가브릴라는 그 노부인의 수석 하인으로, 마치 태어날 때부터 그러한 자리를 위해 정해진 사람처럼 보였는데, 이는 그의 노란 눈과 오리 부리처럼 생긴 코를 보면 알 수 있었다. 그 노부인은 전날 저녁 거리 어딘가에서 비틀거리며 발견된 카피톤의 나쁜 행실을 안타까워하며 말했다.

---

4 코르타닌(kortanoj): 주인의 저택 안에서 여러 잡일을 하던 농노들. 그들이 맡은 역할은 매우 다양했다.

"저런, 가브릴라. 우리 카피톤을 장가보내는 거 어떠한가? 자네 생각은 어때? 그러면 조금이라도 사람 구실을 하게 될지도 모르지 않겠나?"

"왜 안 되겠습니까. 아주 좋은 생각입니다."

가브릴라가 대답했다.

"그렇지? 그런데 말이지, 누가 그 사람하고 결혼을 하려고 하겠나?"

"물론이죠. 부인 뜻대로 하겠습니다. 그래도 그 사람, 어딘가 쓸모는 있어요. 아직 절망할 건 없어요."

"보아하니, 타챠냐가 마음에 드는 모양이네."

가브릴라는 무언가 반박하고 싶었지만, 입술을 꾹 다물었다.

"그래, 타챠냐와 혼인을 하게 하지." 부인은 기분 좋게 코담배를 맡으며 단호하게 말했다. "들었나?"

"부인 명령대로 하겠습니다."

가브릴라는 그렇게 말하고 물러났다.

자신의 방으로 돌아온 가브릴라—그 방은 별채에 있었고, 철제로 된 상자들이 잔뜩 쌓여 있었다—는 먼저 아내를 내보내고, 창가에 앉아 깊은 생각에 잠겼다. 부인에게서 받은 뜻밖의 명령은 그에게 매우 까다로운 과제를 안겨주었다. 한참 뒤 그는 일어나 카피톤을 불렀다. 카피톤은 모습을 드러냈다···. 하지만 두 사람의 대화를 전하기 전에, 독자의 이해를 돕기 위해 타챠냐에 대해 간략히 설명하는 것이 필요하다고 본다. 그녀는 카피톤과의 혼인을 명령받은 인물이며, 그 명령이 가브릴라에게 왜 당혹스러웠는지를 설명해보겠다.

타챠냐는 세탁부였다. 솜씨가 좋아서 고운 세탁물만 맡아서 다뤘다. 그녀는 스물여덟 살로, 작고, 마르고, 금발에, 왼쪽 뺨에는 점들이 있었다. 러시아에서는 왼쪽 뺨에 점을 가지고 태어나면 불행한 삶을 살 징조라고 여기기 때문에, 타챠냐도 자신의 운명을 좋게 여길 수 없었다. 어릴 적부터 귀하게 자란 적 없이, 온갖 고된 노동을 해왔고, 따뜻한 애정도 받아본 적이 없었다.

그녀는 허름하게 입고 다녔고, 받는 품삯도 형편없었다. 친척이라고 할 사람도 거의 없었다. 한 명은 시골 영지에 무능력하다는 이유로 남겨진 나이 많은 열쇠지기인 외삼촌뿐이었고, 나머지 친척은 농민들이었다. 예전엔 미인 소리를 듣기도 했지만, 그녀의 아름다움은 너무 일찍 시들었다. 그녀는 매우 순종적이고, 소심했으며, 자신에게조차 무관심했고, 타인의 존재는 두려워했다. 그녀가 유일하게 관심을 기울인 것은 정해진 시간 안에 자신의 일을 끝내는 것이었다. 누구와도 말하지 않았고, 부인의 이름만 들어도 덜덜 떨었으며, 부인은 그녀의 얼굴조차 제대로 알지 못했다.

게라심이 시골에서 끌려오던 날, 그녀는 그의 거대한 체격을 보고 거의 기절할 뻔했다. 그녀는 그와 마주치는 걸 늘 피했고, 세탁소로 달려가면서 그와 마주치게 되면 눈을 질끈 감아버리기까지 했다. 처음에 게라심은 그녀에게 아무런 관심도 두지 않았다. 그러다 나중에는 그녀를 보고 미소를 짓기 시작했고, 그다음엔 오랫동안 그녀를 빤히 바라보더니, 결국… 그녀를 사랑하게 되었다. 무엇이 그를 사로잡았는지는 하느님만이 아실 일이다. 그녀의 부드러운 얼굴 표정 때문이었을까, 아니면 그녀의 움직임에서 느껴지는 수줍음 때문이었을까.

어느 날, 타챠냐는 안주인의 풀먹인 블라우스를 손가락을 벌려 조심조심 들고 마당을 지나고 있었다. 누군가가 그녀의 팔꿈치를 꽉 붙잡았다. 그녀는 뒤를 돌아보고 비명을 질렀다. 게라심이 서 있었다. 그는 멍청한 듯 웃으며, 다정하게 웅얼거리면서 닭 모양에 금박 날개와 꼬리가 달린 꿀과자를 내밀었다. 그녀는 거절하려 했지만, 그는 억지로 그것을 그녀의 손에 쥐어주고, 고개를 끄덕인 뒤 돌아섰다. 뒤돌아보며 또다시 무언가 다정한 소리를 흘렸다.

그날 이후로 그는 그녀를 따라다니기 시작했다. 그녀가 어디를 가든, 항상 그의 모습이 눈에 들어왔다. 그는 마주칠

때마다 웃었고, 가슴에 숨겨둔 리본을 꺼내 그녀에게 선물했다. 그녀 앞에서 빗자루로 먼지를 쓸기도 했다. 불쌍한 처녀는 큰 곤혹에 빠졌다. 곧 집안의 모든 사람들이 벙어리 하인의 행동을 알게 되었다. 타챠냐는 조롱 섞인 말들과 빈정거림, 쏘는 농담들에 시달렸다. 하지만 아무도 감히 게라심을 비웃지는 못했다. 그는 농담을 싫어했기 때문이다. 또한, 그의 눈앞에서는 아무도 그녀를 괴롭히지 않았다. 원하지 않았지만, 그녀는 그의 보호를 받고 있었던 것이다.

모든 청각장애인들이 그렇듯, 그는 매우 눈치가 빨랐고, 자신이나 그녀에 대한 조롱을 즉각 알아차렸다.

어느 날 점심시간, 하녀장이 타챠냐에게 모욕을 줬다. 불쌍한 타챠냐는 거의 울음을 터뜨릴 뻔했다. 그러자 게라심이 벌떡 일어나더니, 팔을 뻗어 자기 손바닥만 한 거대한 손을 하녀장의 머리 위에 얹었고, 아주 험악하고 격렬한 눈빛으로 그녀를 노려보았다. 하녀장은 몸을 움츠려 탁자 위로 고개를 숙였다. 모두가 조용해졌다. 게라심은 다시 숟가락을 들고 양배추 수프를 후루룩 마시기 시작했다.

"이런… 벙어리 악마, 숲 도깨비 같으니라구…."[5]

사람들이 중얼거렸다. 하녀장은 조용히 일어나 하녀방으로 들어갔다.

---

5 "악마", "숲의 도깨비 혹은 요정": 욕설로 사용되는 표현.

어느 날, 그 카피톤—방금 이야기한 바로 그 카피톤—이 타챠냐와 너무 다정하게 이야기하는 모습을 본 게라심은 손짓으로 그를 불러 마구간으로 데리고 갔다. 그리고는 마차의 멍에 끝을 집어 들어, 세게는 아니지만 의미심장하게 그것으로 위협했다.

이 모든 일은 처벌 없이 넘어갔다. 사실, 하녀장이 하녀 방으로 들어오자마자 기절해버렸고, 매우 능란하게 일을 꾸미며, 그날 바로 게라심의 무례한 행동을 부인에게 고자질했다. 하지만 변덕스러운 노부인은 하녀장이 모욕당한 것에는 아랑곳하지 않고 웃기만 했고, 도리어 하녀장에게 다시 한번 어떻게 "그 무거운 손으로 네 머리를 짓눌렀는지"를 보여보라고 했다.

그리고 다음 날, 부인은 게라심에게 1루블을 보냈다. 그녀는 그를 충직하고 강한 경비원으로서 좋아했다. 게라심은 그녀를 무서워했지만, 그럼에도 그녀의 호의를 기대했고, 타챠냐와의 결혼을 허락받기 위해 직접 청을 드릴 작정이었다. 그는 단지 새 외투가 생기기만을 기다리고 있었는데, 그것은 집사장이 그에게 약속한 것이었다. 그런데, 갑자기 부인은 타챠냐를 카피톤과 결혼시키기로 결정했다.

이제 독자는, 부인과 대화를 나눈 뒤 가브릴라가 왜 그렇게 난처하고 당황했는지를 쉽게 이해할 수 있을 것이다.

"부인께서는 확실히 게라심을 좋아하시는군."

창가에 앉아 생각에 잠긴 가브릴라는 이렇게 생각했다. (가브릴라는 이를 너무 잘 알고 있었고, 그래서 게라심이 하는 일이라면 뭐든 다 긍정해왔던 것이다.)

"하지만… 게라심은 말 못 하는 인간이지. 그가 타챠냐를 연모한다는 걸 부인께 보고할 수나 있을까? 게다가, 결혼상대로 그가 적합한가? 한편으로는, 만약 그 숲 도깨비가—주님, 용서하소서[6]—타챠냐가 카피톤과 결혼하게 된다는 걸 알게 되면, 이 집안을 다 부숴버릴 거야! 진짜로 말이지! 걔한테는 다 설명해줄 수도 없어. 그 마귀 같은 놈한테는—아, 내가 죄인이지—어떻게든 납득시킬 길이 없어!"

그 순간, 카피톤이 나타났고, 가브릴라의 생각은 중단되었다. 그 경솔한 구두장이가 방 안으로 들어왔다. 그는 팔짱을 뒤로 하고, 문 옆으로 튀어나온 벽 모서리에 무례하게 기대더니, 다리를 엇갈려 꼬고, 고개를 흔들며 말했다.

"자, 나 왔소. 무슨 일입니까?"

가브릴라는 카피톤을 바라보다가, 창틀을 툭툭 두드렸다. 카피톤은 자신의 납빛 눈을 살짝 반쯤 감았을 뿐, 시선을 내리지도 않았다. 그는 오히려 씩 웃으며, 고슴도치처럼 삐죽 솟은 자신의 하얀 머리를 손으로 쓸어넘겼다.

---

6 악마의 이름을 부른 것은 죄악이라고 여겨졌다.

"그래, 여기 있소. 왜 그렇게 쳐다보시오?"

"꼴 참 보기 좋구나."

가브릴라가 말했다. 그리고 말을 멈췄다.

"꼴은 참 볼만하지. 그건 부정할 수 없지."

카피톤은 단지 어깨만 한번 으쓱했다.

'네놈이 나보다 잘났냐?' 하고 그는 속으로 생각했다.

"그래, 네 꼴을 한번 봐라. 그래, 똑똑히 보라고!"

가브릴라는 화난 듯한 목소리로 말을 이었다.

"그래, 네 꼴이 뭐냐고?"

카피톤은 자신의 낡고 해진 외투를, 기운 바지를, 신발의 구멍들을—특히 오른발 끝이 멋들어지게 얹힌 그 신발을—차례차례 조용히 바라보았다. 그러고는 다시 가브릴라를 똑바로 쳐다보았다.

"그래서 뭐요?"

"뭐냐고?"

가브릴라가 되풀이했다.

"뭐긴 뭐야? 너 지금도 물어? 넌 악마 같잖아, … 내가 죄인이야, 죄인이야—그래, 딱 악마 닮았지 뭐야!"

카피톤은 재빨리 눈을 깜빡였다.

'그래, 실컷 모욕해봐, 가브릴라 안드레예비치.'

그는 다시 한번 생각했다.

"또 술 마셨던데?"

가브릴라가 말을 이었다.

"또 마셨지? 어? 대답 안 해?"

"건강이 안 좋아서 약주를 좀 했습니다. 정말입니다."

카피톤이 대답했다.

"건강이 약해서라… 아마도 너는 처벌이 부족해서 그런 거겠지, 바로 그거야… 그런데 너는 페테르부르크에서 교육도 받았다지… 많이도 배웠겠구나! 하는 일도 없이 빵만 축내는 놈이지!"

"그런 식이라면, 가브릴라 안드레이이치, 저를 판단할 분은 오직 하느님 한 분뿐입니다. 다른 누구도 아닙니다. 하느님만이 이 세상에서 제가 어떤 사람인지, 제가 정말로 빵만 축내는 인간인지 아닌지를 아십니다. 취한 일에 대해서도— 그것도 제 잘못은 아닙니다—제 친구가 저를 유혹해서… 그러고는 교활하게 먼저 가버리고, 저는….""

"그리고 너는, 이 얼간이야, 거리 한복판에 혼자 남았지. 이런 쓸모없는 놈 같으니라고! 자, 그건 그렇다 치고 문제는 이거야. 부인께서 마음에 들어 하시거든."

그는 잠깐 말을 멈추었다.

"부인께서는 네가 결혼하길 바라서. 들었냐? 부인께서는 네가 결혼을 하면 철이 들 거라고 생각해서. 이해하겠냐?"

"왜 이해 못 하겠습니까?"

"그래, 그래… 내 생각엔 말이지―너를 단단히 잡아야 할 텐데 말이야. 하지만 그건 부인께서 결정하실 일이야. 자, 네가 승낙하겠냐?"

"결혼은 인간에게 아주 좋은 일이지요, 가브릴라 안드레이이치. 저는 기꺼이, 즐거운 마음으로 승낙합니다."

"그래, 그래."

가브릴라는 생각에 잠긴 채 다시 말했다.

"사실 이 자식 말은 참 번듯하게 잘하긴 해. 하지만 말이지, 네 약혼자는 별로 좋은 사람이 아니야."

"누군지 여쭤봐도 되겠습니까?"

"타챠냐지."

"타챠냐요?"

카피톤은 놀라 눈이 휘둥그래졌고, 벽에서 물러났다.

"왜, 왜 그렇게 놀라? 그녀가 마음에 안 드냐?"

"왜 안 들겠어요? 단정하고, 근면하고, 차분한 아가씨지요. 하지만 가브릴라 안드레이이치, 당신도 아시잖습니까, 걔… 그 숲 도깨비, 초원의 괴물… 그놈이 그녀를…."

"알아, 자네 말 다 알아."

지겨운 듯 집사가 말을 끊었다.

"하지만 말이지…."

"제발 생각 좀 해주십시오, 가브릴라 안드레이이치, 그 자식 정말 저 죽입니다, 하느님 맹세코 저 죽여요, 파리 잡듯이 그냥 때려죽일 겁니다…. 그놈 손 보셨잖아요, 손이 아주 미닌하고 포자르스키[7] 합친 것만 해요. 그놈, 벙어리인데 때릴 때는 자기가 소리도 못 들으니까 그냥 팍팍 때리는 거지요! 망치 휘두르듯 휘두르니까요! 진정시키는 건 불가능해요, 왜냐면 보시다시피 그놈 귀먹고, 거기다 머리는 뒤꿈치만큼이나 멍청하잖아요. 짐승이에요, 우상이라니까요, 가브릴라 안드레이이치… 우상보다도 더 무섭다니까요. 포플러나무처럼 벌벌 떨려요… 왜 제가 그런 놈 때문에 고생해야 합니까? 물론 이제는 다 포기하고 사는 인생이긴 한데—다 참아야죠, 요구도 안 해요—하지만 저도 그래도 인간이잖아요, 아니, 뭐, 좀 찌질하긴 해도요…."

"알아, 알아, 그렇게 장황하게 설명 안 해도 돼…."

"주여!"

구두장이가 격하게 말을 이었다.

"언제쯤 제 고통도 끝이 날까요? 언제쯤, 오 주여. 전 불쌍한 놈입니다, 한스러운 인생이에요! 제가 어떤 팔자인지 좀 생각해보세요! 젊을 땐 독일인 주인한테 두들겨 맞았죠—한창 나이 땐 형한테 맞았죠—결국 나이 들어서도 이 지

---

7 비범한 괴력을 지녔다고 전해지는 러시아 민속의 영웅들.

경까지 왔네요….”

“이 겁쟁이 같으니. 정말이지 왜 그렇게 일일이 다 늘어
놓는 거냐?”

가브릴라가 말했다.

“왜냐고요? 전 매 맞는 건 안 무서워요, 가브릴라 안드레
이이치. 주인이 절 때리면, 그 후에 저한테 인사라도 한 번
해주면—그래도 저는 사람입니다. 그런데 그놈한텐….”

“됐고, 나가!”

가브릴라는 성급하게 말을 끊었다.

카피톤은 나갔다.

“게라심만 아니었으면, 정말 승낙했겠나?”

집사는 그 뒤로 소리쳤다.

“승낙한다고 했잖아요.”

카피톤이 말하며 사라졌다. 그는 가장 불쾌한 상황에서
도 말발은 죽지 않았다. 집사는 방 안을 조금 왔다 갔다 하더
니, 마침내 이렇게 말했다.

“그래, 이제 타챠냐를 데려와라.”

얼마 뒤, 타챠냐가 조용히 들어와 문간에 멈춰 섰다.

“무슨 일이세요, 가브릴라 안드레이이치?”

그녀는 거의 들리지 않을 정도로 말했다. 집사는 그녀를
뚫어지게 바라보았다.

"그래." 그가 말했다. "타냐, 결혼하고 싶으냐? 부인께서 너한테 신랑감을 정해주셨어."

"저는 따르겠습니다, 가브릴라 안드레이이치. 부인께서 정하신 신랑이 누구인지 여쭤봐도 될까요?"

"구두장이 카피톤이야."

"저는 따르겠습니다."

"그 사람은 정말 무책임한 인간이야. 하지만 부인께서 이번엔 기대를 걸고 계셔. 자네가…."

"저, 받아들이겠습니다."

"하지만… 하나 문제가 있어. 그 귀머거리 게라심 말인데, 녀석이 자네를 좋아하고 있잖아. 어떻게 그 곰 같은 놈이 마음에 들 수가 있지? 저 녀석, 화나면 무서울 정도야…."

"그 사람이… 절 죽일 거예요, 가브릴라 안드레이이치. 분명히 그럴 겁니다."

"죽인다고? 글쎄… 그건 좀 두고 봐야겠지. 네 말은 — 그가 널 죽일 거란 뜻인가? 그럴 권리가 그에게 있다고 생각하나?"

"글쎄요, 가브릴라 안드레이이치… 그에게 그런 권리가 있는지 어떤지는… 잘 모르겠어요."

"그래, 그게 네 생각이란 말이지. 그런데 자네, 혹시 게라심한테 무슨 약속이라도 한 건가?"

"무슨 말씀을 하시려는 건가요?"

집사는 잠시 침묵한 채 생각에 잠겼다.

'겸손하긴 하지… 참, 그렇구먼.'

그는 잠시 후 조용히 말했다.

"됐어, 이 이야기는 이쯤 하지. 자, 이제 가보렴, 타냐. 네가 참 겸손한 아가씨라는 건 알겠다."

타챠냐는 몸을 돌려 문간에 살짝 기대더니, 조용히 사라졌다. 집사는 혼잣말처럼 중얼거렸다.

"어쩌면 부인께서도 내일쯤이면 이 결혼 이야기를 잊고 계시겠지…."

집사는 생각했다.

"내가 괜히 걱정하는 것일 수도 있지. 우리는 게라심을 진정시키면 되겠지… 만약 일이 생기면—바로 경찰에 알리면 되고… 우스틴야 표도로브나."

그는 아내에게 큰 소리로 명령했다.

"여보, 사모바르[8] 좀 챙기게."

그날 하루 종일 타챠냐는 세탁실 밖으로 나오지 않았다. 처음에는 울음을 터뜨리더니, 이내 눈물을 닦고는 평소처럼 묵묵히 일했다. 카피톤은 밤늦도록 술집에 앉아 못생긴 친구와 술을 마시고 있었다. 그는 페테르부르크에서 어떤 신

---

8 차를 끓이기 위해 물을 데우는 러시아식 주전자.

사의 집에 머물며 살았던 이야기 등을 장황하게 늘어놓았다. 그 신사는 재능이 많은 사람이었지만 규율을 지나치게 중시했고, 게다가 한 가지 나쁜 버릇이 있었다. 술을 몹시 좋아했고, 여자들에게 지나치게 집착했다는 것이었다. 못생긴 친구는 고개를 끄덕이며 그의 말을 들어주었다. 그러나 카피톤이 끝내 "어떤 사정 때문에 내일 자살할 생각"이라고 털어놓자, 친구는 이미 늦었다며 이제 잘 시간이라고 말했을 뿐이었다. 두 사람은 통명스럽고 말없이 흩어졌다.

그러나 집사의 기대는 결국 실현되지 않았다. 부인은 카피톤의 결혼 문제에 지나치게 마음을 쏟은 나머지, 그날 밤에도 자신의 시녀 중 한 명과 이 일에 대해 이야기를 나누었다.[9] 그 시녀는 부인이 잠을 이루지 못할 때 곁에 머물며 밤을 함께 보내는 역할을 맡은 사람이었고, 대신 낮에는 마치 밤마차를 모는 사람처럼 깊이 잠들곤 했다.

아침 식사 후 가브릴라가 부인을 찾아가 보고하자, 부인이 가장 먼저 물은 것은, "…그리고 결혼은? 일이 잘 진행되고 있나?"였다. 그는 물론 카피톤은 오늘 부인을 찾아 인사하러 올 것이라고 대답했다. 부인은 몸 상태가 좋지 않아 오래 그 문제에 붙들려 있지 못했다.

---

9 귀부인의 곁에 머물며 그녀를 즐겁게 해주거나 책을 읽어주는 여성들. 대부분 가난한 귀족 가문 출신의 과부나 처녀였다.

집사는 집으로 돌아와 의논할 자리를 소집했다. 이 일은 분명 별도의 논의가 필요한 사안이었다. 타챠냐는 아무 말도 하지 않았지만, 카피톤은 큰 소리로 자신은 머리가 하나뿐이라며, 두 개도, 세 개도 아니라고 반복했다…. 게라심은 심각한 표정으로 모두를 지켜보았고, 하녀 방 앞 계단에 앉아 있었으며, 분명 누군가가 자신에게 나쁜 음모를 꾸미고 있다는 걸 예감하는 듯했다.

회의에 모인 사람들 중에는 '홉스토'라는 별명으로 불리는 나이 지긋한 뷔페 책임자도 있었다. 다들 그의 의견을 구했지만, 그가 내놓는 대답이라고는 "그런 건 어때?" 혹은 "그래, 그래!"뿐이었다. 우선 사람들은, 어떤 일이 있어도 게라심을 위험에 빠뜨리지 말자는 데 뜻을 모았다. 그래서 카피톤을 물 정화기가 놓여 있는 작은 방에 가두기로 결정했다. 그 다음부터는 다들 깊은 생각에 빠졌다.

물론 폭력적으로 밀어붙이는 게 가장 쉬운 방법이긴 했다. 하지만 — 아, 하느님, 이런 불행이라니 — 부인이 그런 소란을 절대 좋아하지 않을 게 뻔했다. 그렇다면 어떻게 해야 할까? 사람들은 한참을 머리를 싸맨 끝에, 마침내 한 가지 묘안을 떠올렸다.

여러 번 관찰된 바에 따르면, 게라심은 술 취한 사람을 도무지 참지 못했다. 그는 문 앞에 앉아 있을 때면, 술에 취해 비틀거리며 지나가는 사람을 보며 항상 수치스럽게 고개를 돌렸다―그의 모자 챙이 귀 위로 처져 있는 사람 말이다. 그래서 사람들은 타챠냐에게 그녀도 술에 취한 척하며 게라심 앞을 비틀거리며 지나가도록 유도하자고 결정했다.

불쌍한 타챠냐는 한참이나 망설였지만, 결국 설득당했다. 그녀 역시 다른 방법으로는 그 상황에서 벗어날 수 없다는 걸 알았던 것이다. 그렇게 타챠냐는 마지못해 결정을 내렸다. 사람들은 카피톤을 작은 방에서 데려왔다. 이 모든 일이 그와 관련된 일이었기 때문이다. 게라심은 현관 계단 아래에 삽을 땅에 꽂은 채 앉아 있었다. 집 안 곳곳, 커튼 뒤편에서 사람들이 그를 몰래 지켜보고 있었다.

교묘하게 짜인 계획은 생각 이상으로 매끄럽게 진행되었다. 타챠냐를 본 게라심은, 늘 그랬듯 다정하게 그녀의 머리를 쓰다듬었고, 곧 조용히 삽을 내려놓고 일어나 그녀에게 가까이 다가가 얼굴을 마주했다. 겁에 질린 타챠냐는 눈을 질끈 감고 몸을 움츠렸다.

게라심은 그녀의 손을 잡고 마당을 건너, 사람들이 모여 있는 방까지 함께 걸었다. 그리고 문 안으로 들어서자마자 그녀를 카피톤 앞으로 데려다 놓았다. 타챠냐는 거의 기절할 듯했다. 게라심은 한동안 조용히 그녀를 바라보다가, 가볍게 손을 흔들며 미소를 지었다. 그리고 무거운 발걸음으로 자기 방으로 돌아갔다.

하루, 이틀 동안 그는 밖으로 나오지 않았다. 집사장 안티프카가 나중에 틈 사이로 들여다보고는, 게라심이 자기 침대에 앉아 조용히, 규칙적으로, 그리고 단지 중얼거리듯—노래를 부르고 있는 것을 보았다고 전해주었다. 그것은 마치 끊질긴 리듬을 가진 노래 같았는데, 마차꾼들이나 볼가강의 선원들이 그들 자신의 슬픈 멜로디를 부를 때처럼, 눈을 감고 머리를 흔들며 부르는 노래였다. 안티프카는 연민을 느끼고 그 틈에서 떨어져 나왔다.

다음 날 게라심이 자기 방에서 나왔을 때, 그는 늘 그렇듯 평상시의 태도를 취하고 있었다. 다만 조금 더 우울해 보였을 뿐, 타챠나나 카피톤에게 전혀 신경 쓰는 기색이 없었다. 같은 날 저녁, 약혼자 두 사람은 거위를 팔 아래에 껴서[10] 부인을 찾아갔고, 일주일 뒤 그들은 결혼했다. 같은 날 게라심은 행동이 전혀 달라지지 않았다.

그러나 강에서 그는 빈손으로 돌아왔다. 가는 길에 물통을 깨뜨렸기 때문이다. 저녁 무렵, 마굿간에서 그는 자신의 말을 너무 열심히 닦고 문지르는 바람에, 말은 마치 바람에 흔들리는 마른 나뭇가지처럼 몸을 흔들며, 그의 쇠주먹 아래에서 간신히 다리를 버티고 서 있을 정도였다. 이 모든 일

---

10 귀부인을 찾아가 결혼 허락과 축복을 구하며 선물을 바치는 풍습.

은 봄에 벌어졌다. 또 한 해가 흘렀고, 그동안 카피톤은 술주정으로 인해 완전히 쓸모없는 인간이 되었다. 결국 그와 그의 아내를 먼 시골로, 농사 장비와 함께 보내기로 결정되었다. 그들이 떠나는 날, 카피톤은 용감한 척하며 자신이 어디로 보내지든, 심지어 세상 끝으로 보내진다 해도 절대 망하지 않을 거라고 모두에게 말하고 다녔다. 하지만 이내 완전히 풀이 죽어버려서, 무지한 자들에게 떠밀려 간다며 불평을 늘어놓았고, 결국 너무 약해져 스스로 모자를 쓸 힘조차 없었다. 누군가 그를 불쌍히 여겨 모자를 그의 이마에 씌워주고, 챙도 가지런히 정리해준 다음, 손바닥으로 모자를 가볍게 눌러 마무리해 주었다. 모든 준비가 끝났고, 농부들이 고삐를 손에 쥔 채 "자, 이제 출발이다. 자, 갑시다!" 하는 말을 기다리고 있을 때, 게라심이 자기 방에서 나와 타챠냐에게 다가가 작별의 선물로 빨간 무명 손수건을 건넸다. 그가 1년 전 그녀를 위해 사두었던 것이었다.[11] 지금까지 자신의 운명이 어떻게 바뀌든 덤덤하게 받아들였던 타챠냐였지만, 이번 만큼은 도저히 참을 수 없었다. 그녀는 눈물을 쏟아내며 짐수레에 올라탔고, 게라심과는 기독교 방식대로 세 번 입을 맞추며 작별 인사를 나눴다. 게라심은 그녀를 마을 경계선[12]

---

11 구혼할 때 사용하는 붉은 천.

12 당시의 도시나 마을에는 각각 울타리 같은 경계가 있었다.

까지 바래다주려 했고, 수레 옆을 따라 걸어갔다. 그러나 크림 고개(Krima Trairejo)에 이르자 갑자기 걸음을 멈추고 손을 한 번 내저으며[13] 강가를 따라 걸어가기 시작했다.

저녁이 되었다. 그는 느릿하게 걸으며 물을 바라보고 있었다. 갑자기 그가 보기에는 누군가가 강기슭의 진흙 속에서 허우적거리는 것처럼 보였다. 그는 몸을 굽혀, 작은 강아지를 보았다. 그 강아지는 새하얀 털 바탕에 새까만 얼룩이 섞여 있었고, 애를 쓰고 있음에도 물에서 빠져나올 수 없어 미끌미끌 기어 다니며 온몸이 젖고 야윈 채로 떨고 있었다.

게라심은 가엾은 강아지를 잠시 바라보다가 한 손으로 움켜 잡아 가슴에 품고는 천천히 집으로 걸음을 옮겼다. 자기 방에 도착하자, 그는 구조한 강아지를 침대 위에 올려놓고, 두꺼운 양털 망토로 덮어 두었다. 그리고는—먼저 마구간으로 달려가 짚을 가져온 다음—부엌으로 가 그릇에 우유를 담았다. 조심스럽게 양털 망토를 밀어 올리고 짚을 깔아준 뒤, 그는 우유 그릇을 침대 위에 놓았다.

가엾은 강아지는 태어난 지 겨우 삼 주쯤 된 듯했다. 얼마 전에서야 눈을 떴는지, 한쪽 눈이 다른 쪽보다 훨씬 커 보였다. 아직 스스로 우유 그릇에서 마실 수는 없었고, 그저 떨며 눈을 반쯤 감고 있을 뿐이었다.

---

13 절망의 몸짓으로서의 손 휘두르기.

게라심은 강아지의 머리를 조심스레 쓰다듬으며, 입을 우유 쪽으로 살짝 밀어주었다. 그러자 강아지는 갑자기 벌컥벌컥 우유를 마시기 시작했다. 젖을 빨며 몸을 떨고 흔들었고, 때로는 우유를 흘리기도 했다.

게라심은 한참 동안 그 모습을 바라보다가 문득 웃음을 터뜨렸다.

그날 밤, 그는 밤새도록 강아지를 돌보았다. 침대에 눕혀 몸을 말리고, 잠들 때까지 곁을 지켰으며, 마침내 자신도 만족스럽고 평온한 얼굴로 강아지 옆에서 잠들었다.

어느 어머니도 자신의 아이를 게라심만큼 정성스럽게 보살피지는 못했을 것이다. 처음 강아지는 몹시 연약하고, 꼬질꼬질하며, 볼품없었다. 하지만 시간이 흐르며 점점 자라고 건강해졌다. 8개월쯤 지나자, 구해준 이의 세심한 보살핌 덕분에 강아지는 보기 좋은 스페인 품종의 개로 자랐다. 귀는 길고, 꼬리는 관처럼 풍성하게 말려 있었으며, 눈은 크고 표정이 살아 있었다.

강아지는 게라심을 깊이 사랑했다. 언제나 그의 뒤를 졸졸 따라다니며 꼬리를 흔들었고, 늘 곁에 있으려 했다. 게라심은 강아지에게 무무(Mumu)라고 이름을 지어주었다 — 듣지 못하는 그는 짖는 소리로 마음을 표현할 줄 알았기에 — 집 안 사람들도 모두 이 강아지를 사랑하며 애정을 담아 '무문야'(Mumunja)라고 불렀다. 무무는 영리하고 다정한 강아지였다. 하지만 오직 게라심에게만 충실했고, 그 외엔 누구에게도 마음을 주지 않았다. 게라심 역시 무무를 무척 사랑했지만, 다른 사람들이 무무를 귀여워하는 모습은 달가워하지 않았다. 그가 걱정돼서였는지, 아니면 질투심 때문이었는지는 — 오직 하느님만이 아실 것이다….

무무는 매일 새벽, 그의 옷자락을 물어 당기며 깨웠고, 줄에 매인 늙은 말을 데려다주었다 — 그 말과 무무는 친구였다. 무무는 진지한 얼굴로 게라심과 함께 강가로 나가, 그의 빗자루와 삽을 지켰고, 아무도 그의 방 근처에 가까이 오지 못하게 했다. 게라심은 자기 방 문 아래에 무무를 위한 작은 출입구를 만들어 주었고, 무무는 마치 그곳이 자신의 집이라는 듯 자연스럽게 드나들었다. 방 안으로 들어오자마자, 만족한 얼굴로 침대 위로 펄쩍 뛰어올랐다.

무무는 밤새 한숨도 자지 않았다. 하지만 마당 개들처럼 아무 이유 없이 짖는 법은 없었다. 마당의 개란 대개 엉덩이 밑에 꼬리를 깔고, 입을 벌린 채 눈을 반쯤 감고 있다가, 할 일도 없으면서 한밤중에 괜히 세 번쯤 멍멍 짖어대곤 한다. 하지만 무무는 달랐다. 그 날카롭고 짧은 짖음은 언제나 분명한 이유가 있을 때에만 터져 나왔다 — 담장 근처로 누군가 낯선 이가 다가오거나, 어둠 속 어딘가에서 수상한 인기

척이나 바스락거림이 들려올 때였다. 요컨대, 무무는 완벽한 감시견이었다….

물론 마당에는 또 한 마리의 늙은 수컷 개가 있었다. 누렇게 바랜 털에 갈색 반점이 있는 개였는데, 이름은 '볼쵸크'였다. 하지만 그는 심지어 밤에도 늘 사슬에 묶여 있었다. 나이 들어 노쇠한 탓인지, 자유에 대한 욕망 따위는 이미 사라진 듯 보였다. 그저 웅크린 채 개집 안에 누워 있다가, 가끔 쉰 듯한 소리를 내며 짖는 흉내를 내보일 뿐이었다. 그러나 그 짧은 짖음조차, 자기 자신에게도 무의미하다는 듯 곧 멈춰버리곤 했다.

무무는 단 한 번도 주인의 집 안으로 들어가 본 적이 없었다. 게라심이 장작을 들고 방 안으로 들어갈 때마다, 무무는 언제나 바깥에서 초조하게 그를 기다렸다. 현관 앞에 앉아 귀를 쫑긋 세우고, 문 안쪽에서 들려오는 아주 미세한 소리에도 반응하며 고개를 이리저리 돌렸다.

그렇게 또 한 해가 흘렀다. 게라심은 묵묵히 주어진 일을 해냈고, 주어진 운명에 순응하며 살아갔다.

그러던 어느 날, 뜻밖의 일이 벌어졌다.

화창한 여름날이었다. 부인은 시녀들과 함께 응접실을 거닐고 있었다. 기분이 좋아 보였고, 웃으며 농담을 건넸다. 시녀들 역시 따라 웃고 장단을 맞췄지만, 속으론 긴장하고 있었다. 그 집에서는 부인이 지나치게 유쾌해질 때를 오히려 불길하게 여겼기 때문이다.

첫째, 그녀는 그런 기분일 때 모든 사람들에게 즉각적이고 전적인 동참을 요구했고, 누군가 얼굴에 기쁨이 덜 비치면 화를 냈다. 둘째, 그녀의 유쾌함은 오래가지 않았고, 곧바로 침울하고 불쾌한 기분으로 바뀌는 경우가 많았다. 하지만 그날은 운 좋게도 아침부터 기분이 좋았다. 늘 하던 대로 타로 카드 점을 쳤는데, 점괘는 바람직한 소원이 이루어질 것이라 나왔다. 게다가 그날 따라 차도 유난히 맛있게 느껴져서 하녀는 칭찬과 함께 10코페이카까지 받았다.

부인은 주름진 입술 끝에 달콤한 미소를 띠고 응접실을 거닐다가 창가로 다가갔다. 창문 너머로는 작은 정원이 보였고, 그 한가운데 장미 덤불이 가득 핀 꽃밭이 있었다. 그리고 그 꽃밭 위에 무무가 드러누워, 어딘가에서 주워 온 뼈를 열심히 갉고 있었다. 부인은 그 광경을 봤다.

"오, 세상에!" 그녀가 갑자기 외쳤다.

"저 개는 뭐야?"

부인은 옆에 있던 시녀를 돌아보며 말했다. 그녀는 도무지 무슨 일이 벌어지는지 몰라 당황한 듯 이리저리 몸을 비틀며 안절부절 못했다. 주인의 부름이 어떤 의미인지 잘 모를 때 아랫사람이 흔히 겪는 반응 그대로였다.

"음…. 잘 모르겠어요." 그녀는 더듬으며 말했다. "벙어리 하인의 개인 것 같아요."

"세상에." 부인이 그녀 말을 끊으며 말했다. "정말 예쁜 개잖아! 언제부터 저 개를 키웠지? 당장 데려오라고 해. 왜 난 지금까지 못 봤을까?"

시녀는 그 즉시 전실로 달려갔다.

"애야, 애야!" 그녀가 외쳤다. "무무 좀 당장 데려와! 지금 정원에 있어."

"아." 부인이 말했다. "무무라 부르는구나! 정말 예쁜 이름이야!"

"오, 네, 정말 예뻐요." 시녀들이 맞장구쳤다. "서둘러, 스테판!"

스테판, 건장한 청년 하인이 정원으로 달려가 무무를 잡으려 했지만, 강아지는 재빠르게 그의 손가락 사이로 빠져나가더니 꼬리를 세우고 번개처럼 게라심에게 달려갔다. 그는 부엌 옆에서 나무통을 흔들며 두드리고 돌리고 있었는데, 마치 어린이 장난북을 다루듯 하고 있었다.

스테판은 허겁지겁 강아지를 쫓으며, 주인의 발치에서라도 잡아보려 애썼지만, 그 재빠른 녀석은 요리조리 피해 다니며 도무지 잡히지 않았다. 게라심은 그 모습을 보며 미소 지으며 지켜보고 있었다.

마침내 스테판은 짜증이 난 듯 벌떡 일어나 손짓으로 게라심에게 부인이 강아지를 데려오라고 명령했다는 걸 설명했다. 게라심은 놀란 듯 보였지만, 무무를 불러 땅에서 들어올려 스테판에게 건넸다.

스테판은 그것을 거실로 데려가 마루에 내려놓았다. 부인은 다정한 목소리로 강아지를 불렀다. 무무는 태어나 처음으로 이렇게 사치스러운 방에 들어온 터라 겁에 질려 문으로 도망치려 했지만, 스테판이 막아서자 몸을 떨며 문에 바짝 붙었다.

"무무야, 무무야, 이리 와. 이리 오렴, 아가야." 부인이 말했다. "이리 와, 바보야, 무서워하지 말고…."

"무무야, 이리 와, 부인께 가렴." 시녀들이 따라 외쳤다. "어서 오렴!"

하지만 무무는 두리번거리며 한숨을 쉬었고, 몸을 움직이지 않았다.

"뭔가 줄 걸 가져오렴!" 부인이 말했다. "참 바보 같기도 하지! 주인한테 오지도 않아! 뭘 그리 무서워하는 걸까?"

"아직 익숙하지 않아서 그래요." 시녀 중 한 명이 조심스럽게 말했다.

스테판이 우유가 담긴 작은 그릇을 가져와 무무 앞에 놓았다. 그러나 강아지는 냄새조차 맡지 않고 계속 떨며 주위를 두리번거렸다.

"별난 녀석이네!" 부인이 말하며 다가왔다. 그녀는 몸을 굽혀 강아지를 쓰다듬으려 했지만, 무무는 경련하듯 고개를 홱 돌리며 이를 드러냈다. 부인은 재빨리 손을 거두었다.

잠시 침묵이 흘렀다. 무무는 조용히 낑낑거리며 마치 용서를 구하듯 슬픈 소리를 냈다. 부인은 찡그린 얼굴로 물러섰다. 강아지의 갑작스러운 반응에 겁이 난 것이었다.

"오—" 시녀들이 일제히 외쳤다. "혹시 무셨나요? 주여, 우리를 지켜 주소서!" (무무는 여태껏 단 한 번도 누구를 문 적이 없었다.) "세상에나!"

"데리고 나가!" 부인이 톤이 달라진 목소리로 말했다. "불쾌한, 끔찍한 강아지로군! 얼마나 나쁜 녀석이야!"

그녀는 천천히 돌아서서 서재 쪽으로 걸어갔다. 시녀들은 서로 겁먹은 눈으로 바라보다가 그녀를 따라가려 했지만, 그녀는 멈춰서서 엄하게 그들을 쳐다보며 말했다.

"왜 따라오는 거지? 난 너희들을 부른 적이 없는데!" 그리고는 사라졌다.

시녀들은 절망적으로 손짓으로 스테판에게 신호를 보냈다. 그는 재빨리 무무를 잡아 문 밖으로 내던졌고, 강아지는 그대로 게라심의 발치에 떨어졌다. 그로부터 반 시간 후, 집안은 고요했다. 노부인은 소파에 앉아 있었고, 그 표정은 천

둥 번개 치기 직전의 먹구름처럼 어두웠다.

사람을 불쾌하게 만드는 일은, 곰곰이 생각해보면, 때때로 정말 사소한 것들이다! 저녁까지 그 귀부인은 진정되지 않았고, 아무와도 말을 섞지 않았으며, 카드놀이도 하지 않았고, 편치 않게 잠들었다. 그녀는 자신이 평소 받던 향수가 오늘은 다른 것이었다고 상상했고, 사촌에게서 비누 냄새가 났다고 여겼으며, 시녀에게 시트 전체의 냄새를 맡아보게 했다. 한마디로 과하게 흥분해 있었다.

다음 날 아침, 그녀는 보통보다 한 시간 이르게 가브릴라를 불러오게 했다.

"말해 보게."

그녀는 그가 안으로 들어서자마자 입을 열었다. 그의 몸은 안에서 떨고 있었고, 간신히 서재 문턱을 넘은 참이었다.

"어젯밤 우리 마당에서 그렇게 시끄럽게 짖어댄 개는 누구의 개인가? 그 소리 때문에 한숨도 못 잤네."

"개라면... 아마도 벙어리 하인의 개인 것 같습니다." 그가 불확실한 목소리로 대답했다.

"누구의 개인지는 중요하지 않아. 문제는 내가 잠을 자지 못했다는 거지. 도대체 왜 우리 집에 개가 그렇게 많아야 하나? 그 이유를 알고 싶네. 우리 마당개도 있지 않나?"

"예, 물론입니다. 볼초크 말입니다."

"그래, 그런데 또 다른 개가 왜 필요하지? 이건 전적으로 무질서야. 모두 집사가 없기 때문이겠지. 그 벙어리 하인이 개를 왜 기르는 건가? 누가 그 아이에게 내 마당에서 개를 데리고 있어도 된다고 한 거지? 어제 창문가에 나가봤는데— 그놈이 정원에 드러누워 있더군. 어디서 주워온 지저분한 걸 물어다 놓고, 이로 긁고 있질 않나. 그 자리에 내가 장미를 심어뒀는데 말이야…."

부인은 말을 멈추고 한숨을 쉬었다.

"오늘 안으로 치워버리게... 들었는가?"

"네, 부인."

"오늘은… 이제 가보게. 나중에 점검하러 다시 부르겠네."[14] 가브릴라는 말없이 고개를 숙이고 나갔다.

손님용 응접실을 지나면서, 그는 의례적으로 탁자 위의 작은 종을 다른 탁자로 옮기고, 거실에서 오리 부리처럼 생긴 코를 조용히 풀었다. 그리고 전실로 향했다. 전실의 낡은 긴 소파 위에는 스테판이 자고 있었는데, 마치 전쟁 그림 속에 그려진 전사처럼 죽은 듯한 자세로, 몸부림치듯 군용 외투를 이불 삼아 덮고는 맨발을 쭉 뻗고 있었다. 집사는 그를 밀어 깨우며 낮은 목소리로 어떤 명령을 전했다. 스테판은 반쯤 동의하고, 반쯤은 웃는 듯한 표정을 지으며 대답했다.

---

14 집사장은 매일 아침 귀부인을 찾아가 집안 사정에 대해 보고하고 지시를 받았다.

가브릴라는 그를 툭툭 건드려 깨우고는, 낮은 목소리로 어떤 명령을 전했다. 스테판은 어깨를 으쓱이며, 시큰둥하게 웃었다. 가브릴라는 나가버렸다. 스테판은 벌떡 일어나, 카프탄과 장화를 신고 나와 현관에 멈춰 섰다. 약 5분 뒤, 게라심이 늘 그렇듯 등에는 장작 다발을 지고, 무무와 함께 나타났다. (귀부인의 침실과 서재는 여름에도 난방을 했다.)

게라심은 문 옆에 서서, 어깨로 밀어 문을 열고 장작을 들고 안으로 들어갔다. 무무는 늘 그렇듯 현관에 남아 기다렸다. 그 순간을 노려 스테판은 갑자기, 마치 독수리가 병아리를 덮치듯 무무에게 달려들었고, 자신의 몸으로 눌러 땅에 눕히고는, 안고 마당 밖으로 도망쳤다. 모자도 쓰지 않은 채였다. 그는 근처에서 마차 하나를 잡고, 오홋니 류아드로 급히 달려갔다. 거기서 그는 곧 개를 사려는 사람을 찾았고, 반 루블에 넘겼다.

단, 조건이 하나 있었는데, 적어도 일주일 동안은 줄로 묶어두라는 것이었다. 그는 곧장 돌아왔지만, 집에는 가까이 가지 않았다. 마차에서 내려 뒤쪽 골목을 돌아 마당을 우회해, 울타리를 넘어 마당 안으로 들어갔다. 그는 마당 쪽 정문을 지나가는 것을 두려워했기 때문이다. 게라심을 피하고 있었던 것이다.

그러나 그는 쓸데없는 걱정을 했던 것이다. 게라심은 이미 마당에 없었다. 그는 집에서 나서자마자 무무가 없다는 것을 알아챘다. 무무가 그를 기다리지 않는 일은 한 번도 없었기 때문이다. 그는 사방을 뛰어다니며 찾아다녔고, 무무를 부르고 또 불렀다. 그는 자신의 방도, 건초창고도, 이곳저곳을 다 살폈다. 하지만 무무는 어디에도 없었다. 그는 사람들에게 다가가 몸짓으로 필사적으로 강아지의 행방을 물었다. 땅에서 한 뼘쯤 되는 높이를 손으로 가리키고, 손을 펴 보이기도 했다. 어떤 이들은 정말로 무무가 어디 있는지 몰라서 고개만 끄덕였고, 어떤 이들은 알면서도 피식 웃으며 대답을 회피했다. 집사 가브릴라는 갑자기 심각한 표정을 짓고 마부들에게서 시선을 돌렸다. 그러자 게라심은 마당을 뛰쳐나갔다.

그가 돌아온 건 해가 질 무렵이었다. 그의 지친 모습, 불안정한 걸음걸이, 먼지투성이의 옷차림을 보면 그가 모스크바 시내 절반을 헤매고 다녔음을 짐작할 수 있었다. 그는 주인의 창문 앞에 멈춰 섰고, 현관을 재빨리 살펴보았다. 그곳에는 하인 일곱 명이 모여 있었다. 그는 몸을 돌려 다시 한번 큰소리로 울부짖었다. "무무!" 그러나 무무는 대답하지 않았다. 그는 떠났다. 모두가 그를 바라보았지만, 아무도 웃지 않았고 아무 말도 하지 않았다. 호기심 많은 수위 안팁카는 다음 날 아침, 게라심이 밤새 흐느껴 신음했다고 전했다.

그날 하루 동안 게라심은 모습을 드러내지 않았다. 대신 마부 포타프가 물을 길러 다녔다. 이 일로 포타프는 몹시 불쾌해했다. 여주인은 가브릴라에게 자신의 명령이 실행되었는지를 물었다. 가브릴라는 그렇다고 대답했다.

다음 날 아침, 게라심은 다시 일하러 방을 나섰다. 그는 점심시간에 와서 조금 먹고는 아무에게도 인사하지 않고 떠났다. 그의 얼굴은 평소에도 모든 청각장애인들처럼 무표정했지만, 그날은 마치 돌처럼 굳어 있었다. 낮 동안 그는 다시 외출했으나 오래 머물지 않았다. 곧 돌아와서는 바로 건초더미 위에 누웠다.

그날 밤은 달빛이 밝고 고요한 밤이었다. 게라심은 불안한 마음으로 뒤척이며 누워 있었다. 그러다 갑자기 누군가가 그의 옷자락을 잡아당기는 느낌을 받았다. 그는 온몸을 떨었지만 고개를 들지 않았고, 눈을 꽉 감았다. 그런데 누군가가 다시, 아까보다 더 세게 그를 잡아당겼다. 그는 벌떡 일어났다. 그의 앞에는 목에 끊어진 끈을 걸친 무무가 서 있었다.

그의 벙어리 가슴에서 길고도 기쁜 울음소리가 터져 나왔다. 그는 무무를 와락 껴안아 품에 안았다. 강아지는 그의 코와 눈, 콧수염, 수염을 정신없이 핥아댔다. 그는 잠시 가만히 서 있다가 무언가를 생각하듯 조심스럽게 건초더미에서 내려와 사방을 살폈고, 아무도 보지 않는다는 것을 확인하자 몰래 자신의 방으로 들어갔다. 게라심은 무무가 스스로 도망친 것이 아니라는 것을 이미 짐작하고 있었다. 어쩌면 여주인의 명령에 따라 누군가가 무무를 데려갔을지도 모른다고 그는 생각했다. 그는 무무가 여주인이 쓰다듬으려 할 때 어떻게 화를 냈는지 손짓으로 설명을 들었고, 조심스럽게 행동하기로 결심했다.

그는 무무에게 빵을 먹이고 쓰다듬은 뒤, 잠시 누이고는 어떻게든 잘 숨길 수 있는 방법을 궁리했다. 그는 낮에는 무무를 방에 가둬두고, 자신도 자주 들르지 않으며, 밤에만 데리고 나오는 것이 좋겠다고 결정했다. 문 아래 작은 구멍은 낡은 펠트 망토로 틀어막았고, 다음 날 아침 일찍 아무 일도 없었다는 듯 마당에 나타났다. 그는 심지어 (어리석은 속임수지만) 여전히 절망에 빠진 듯한 표정을 유지했다.

불쌍한 벙어리는 무무가 짖는 소리로 자기 존재를 들킬 수도 있다는 사실을 몰랐다. 실제로 집안 사람들은 곧 무무가 돌아왔다는 것을 알았고, 그가 몰래 자기 방에 강아지를 숨겨두고 있다는 사실도 알고 있었다. 그러나 불쌍함 때문인지, 아니면 두려움 때문인지, 모두들 게라심이 자신의 비밀이 들키지 않았다고 믿도록 내버려 두었다. 다만 집사 가브릴라만이 난처한 듯 자신의 뒤통수를 긁으며 이렇게 말했다. "글쎄, 하느님이 알아서 하시겠지. 여주인이 몰랐으면 좋으련만."

게라심은 그날, 그 어느 때보다 열심히 일했다. 그는 마당을 깨끗이 쓸고, 잡초를 다 뽑아내고, 울타리의 말뚝 하나하나를 직접 뽑아내어 단단한지 확인한 뒤 다시 박았다. 한마디로, 그는 여주인마저도 그의 부지런함에 주목할 만큼 애쓰고 또 애썼다.

낮 동안 그는 몰래 두 번 무무를 찾아갔다. 밤이 되자 게라심은 무무와 함께 잠을 잤다. 이번엔 건초더미가 아닌 자신의 방이었다. 자정이 지난 뒤에야 그들은 둘이 함께 마당으로 산책을 나왔다. 마당을 충분히 돌아본 뒤, 그는 돌아가려는 참이었다. 그런데 갑자기 울타리 너머 골목에서 무슨 소리가 들렸다. 무무는 귀를 쫑긋 세우고 날카롭게 짖으며 울타리 쪽으로 다가갔다. 킁킁 냄새를 맡더니 더욱 날카롭게 짖어댔다. 어떤 술 취한 남자가 그곳에 쭈그리고 앉아 밤을 보내려 하고 있었다.

바로 그 순간, 부인은 오랜 '신경 흥분' 끝에 막 잠들려던 참이었다. 이런 '흥분'은 대개 지나치게 과식한 저녁 식사 후에 찾아오곤 했다. 갑작스러운 개 짖는 소리에 그녀는 잠에서 깼고, 가슴이 철렁 내려앉다가 금세 멎는 듯했다.

"시녀들! 시녀들!" 그녀는 신음하듯 외쳤다. "시녀들!"

놀란 시녀들이 황급히 침실로 뛰어들었다.

'아, 아, 나 죽을 것 같아.' 그녀는 손을 허공에 휘저으며 말했다. '또 그 개야! 아, 의사를 불러와! 저 사람들이 나를 죽이려 해! 그 개야, 또 그 개야! 아!'

"아, 아, 나는 죽겠어…" 그녀는 탄식하며 손을 휘저었다. "또 그 개야! 어서 의사를 불러! 저놈들은 나를 죽이려 드는 거야! 개야, 또 그 개!"

그리고는 고개를 뒤로 젖혔는데, 이는 그녀가 기절 중이라는 신호였다. 누군가 의사를 불러 달려갔다. 이 집의 고용의, 의사 겸 위생담당인 하리톤이었다. 이 의사의 치료 방식은 이랬다 — 말랑한 밑창의 장화를 신고 다니며 조용히 맥박을 짚고, 스무 시간 중 열네 시간을 자고, 남은 시간엔 한숨을 쉬며, 줄곧 부인에게 월계수 체리 추출 방울약을 권하는 것. 이 의사는 곧바로 나타나 방 안에 태운 깃털 연기를 퍼뜨렸고[15], 부인이 눈을 뜨자마자 은쟁반에 소량의 '효험 있는 방울약'을 담아 들여왔다. 부인은 그것을 삼키고는 곧, 눈물 섞인 목소리로 개에 대한 불만을 늘어놓기 시작했다. 가브릴라에 대해, 아무도 자신을 돌보지 않는다고, 불쌍한 노파를 아무도 불쌍히 여기지 않는다고, 다들 자기 죽기만을 바란다고 하소연했다. 한편, 불운한 무무는 여전히 짖어대

---

15 기절을 방지하기 위한 민간요법: 깃털을 태워 연기를 맡게 함.

고 있었고, 게라심은 마당 울타리 쪽으로 가지 못하게 하려 애쓰고 있었다.

'저게…. 저게…. 또….' 여주인은 더듬거리며 말하며 다시 감정에 겨워 눈을 굴렸다. 의사는 시녀에게 무언가를 속삭였고, 시녀는 전실로 달려가 스테판을 거칠게 깨웠으며, 스테판은 가브릴라를 깨우러 달려갔고, 흥분한 가브릴라는 모든 하인들을 깨우라고 명령했다.

게라심은 몸을 돌려 창문 사이로 번쩍이는 불빛과 움직이는 그림자들을 보고, 심장으로 불길함을 느끼며 무무를 겨드랑이에 끼고 자기 방으로 뛰어들어 문을 잠갔다. 잠시 뒤 다섯 명이 억지로 들이닥치려 했으나 빗장이 꿈쩍도 하지 않았다. 가브릴라는 헐레벌떡 달려와 모두에게 아침까지 그 자리를 지키라고 명령했다. 그는 곧장 하녀실로 달려가 설탕과 차와 향신료를 함께 훔치고 속여 계산하던 수석 시녀 류보프 류비모브나에게 여주인에게 이렇게 전하라고 부탁했다. 개가 불행히도 주인에게 돌아왔으나 내일이면 반드시 더는 살아 있지 않을 것이며, 부디 노여워하지 말고 마음을 가라앉혀 달라고. 여주인은 아마 그렇게 빨리 진정되지 않았을 터이나, 의사가 서둘러 열두 방울 대신 마흔 방울을 잔에 떨어뜨렸고, 월계수체리의 진정 효과가 작용해 십오 분쯤 지나자 여주인은 평온하게 잠들었다. 게라심은 창백한 얼굴로 무무의 입을 꼭 틀어막은 채 침대에 누워 있었다.

다음 날 아침, 여주인은 꽤 늦게 잠에서 깼다. 가브릴라는 그녀가 깨기만을 기다려 게라심의 은신처에 대한 결정적 공격을 명령하려 했다. 그는 여주인의 분노가 폭풍우처럼 몰아칠 것을 예상하고 있었다. 그러나 폭풍은 오지 않았다. 침대에 누운 채로 여주인은 수석 시녀를 부르라고 명령했다.

'류보프 류비모브나.' 그녀는 낮고 힘없는 목소리로 말을 시작했다. 그녀는 종종 스스로를 박해받고 외롭게 고통받는 사람처럼 꾸미곤 했고, 그럴 때면 집안 사람들은 몹시 불편해졌다. '류보프 류비모브나, 내 처지가 어떤지 보이지? 내 사랑, 가브릴라 안드레이치에게 가서 이야기해 줘. 정말 어떤 하찮은 개 따위가 자기 주인의 평온, 아니 생명보다 더 소중하단 말인가! 나는 그렇게 믿고 싶지 않다.' 그녀는 깊은 감정이 서린 표정으로 덧붙였다. '가 줘, 내 사랑, 부탁이야. 가브릴라 안드레이치에게 가 줘.'

류보프 류비모브나가 가브릴라의 방으로 들어갔다. 무엇을 이야기했는지는 알 수 없으나, 얼마 지나지 않아 온 하인 무리가 게라심의 방 쪽으로 마당을 가로질러 걸어갔다. 가브릴라가 모자를 손으로 꼭 붙잡으며 앞으로 나아갔는데, 바람이 전혀 불지 않았음에도 그랬다. 그의 옆에는 시종들과 요리사들이 함께 걸었다. 창문에서는 외삼촌 홉스토가 나와 손을 이리저리 흔들며 무언가 지시하려 했지만, 사실상 손만 흔들 뿐이었다. 그 뒤로는 떠돌이 아이들까지 뛰어와서 웃으며 어울렸다.

좁은 계단 위에는 한 명의 경비병이 앉아 있었고, 두 명은 문 앞에 서서 몽둥이를 들고 있었다. 사람들은 계단을 올라차며 그곳을 가득 채웠다. 가브릴라는 문에 다가가 주먹으로 두드리며 외쳤다.

"열어라!"

숨이 막히는 듯한 개 짖는 소리가 들렸으나 아무런 대답이 없었다.

"다시 말한다. 열어라!"

그가 반복하자 아래쪽에서 스테판이 말했다.

"하지만, 가브릴라 안드레이이치." 그가 아래에서, "그는 귀먹었어요. 못 들어요."

모두가 웃음을 터뜨렸다.

"그럼 어떻게 해야 하나?" 가브릴라가 다시 물었다.

"그 방 문에 구멍이 있어요. 거기에 몽둥이를 넣어 보시오!"

가브릴라가 몸을 숙이며 말했다.

"그는 그 구멍을 어떤 펠트 망토로 막아놨어요."

"그럼 그 펠트 망토를 안으로 밀어 넣으시오."

다시 둔탁한 개 짖는 소리가 들렸다.

"자, 개가 스스로 모습을 드러내네." 누군가 떼 속에서 말했으며 모두 다시 웃음을 터뜨렸다.

가브릴라는 귀 뒤를 긁적였다.

"아니, 형제여." 그가 마침내 말했다, "망토는 네가 집어 넣거라, 네가 원한다면."

"좋아요, 명령대로!"

스테판이 몸을 기어 올라가 몽둥이를 집어 들고 펠트 망토를 구멍 안으로 밀어 넣더니, 몽둥이로 구멍을 휘저으며 계속 외쳤다.

"나와라, 나와라!"

그는 몽둥이를 계속 흔들고 있었는데, 그 순간 갑자기 방문이 와르르 열리며, 하인들이 계단을 물밀 듯이 굴러내려왔다. 그리고 가장 먼저 나온 이는 가브릴라였다. 외삼촌 홉스토는 창문을 닫았다.

"자, 자, 자." 가브릴라가 마당에서 소리쳤다, "기다려라!"

게라심은 움직임 없이 문간에 서 있었다. 시종들은 계단 아래에서 삼삼오오 모여 있었고, 게라심은 위에서 도시 양복을 입은 자들 모두를 바라보고 있었으며, 손은 옆구리에 가볍게 얹고 있었다. 빨간 시골 옷차림의 그는 그들 사이에선

거인처럼 보였다.

가브릴라가 한 걸음 앞으로 나아갔다.

"주의하시오, 형제여." 그가 말했다, "나는 불복종을 용납하지 않겠다!"

그리고 그는 몸짓으로 게라심에게 여주인이 반드시 개를 없애기를 원한다고 설명했다.

"지금 당장 내놓아라, 그렇지 않으면 너에게 불행한 일이 생길 것이다."

게라심은 그를 바라보고는 개를 가리키며, 목에 있는 줄을 손으로 움켜쥐는 듯한 표시를 하며 다시 가브릴라를 바라보았다.

"그래, 그래." 가브릴라가 고개를 끄덕이며 말했다, "그래, 반드시….”

게라심은 눈을 잠시 내리깔았다가 갑자기 몸을 떨며 다시 무무를 가리켰다. 무무는 게라심 옆에 서서 죄 없는 듯 꼬리를 흔들고 귀를 움직이고 있었다. 게라심은 반복해 목에서 조르는 제스처를 그리고는 가슴을 두드리며 자신이 직접 무무를 치우겠다는 의지를 드러냈다.

"하지만 너는 속이고 있지." 가브릴라가 손짓으로 말했다.

게라심은 잠시 그를 바라보다가 경멸 섞인 웃음을 흘렸

고 다시 가슴을 탁 치더니 문을 꽉 닫았다.

모두가 서로를 말없이 바라보았다.

"이게 무슨 뜻이지? 그가 문을 다시 닫았나?"

"신경 쓰지 마라, 가브릴라 안드레이이치!" 스테판이 말했다. "그는 약속한 대로 할 거요⋯. 그런 사람이오⋯. 약속하면 반드시⋯. 우리보다 더 믿음직하다고⋯. 그건 사실이오⋯. 응⋯."

"응." 모두가 고개를 끄덕이며 되받았다. "그건 사실이야. 응." 외삼촌 홉스토도 창문을 열며 "응"이라고 말했다.

"좋아." 가브릴라가 말했다. "하지만 그래도 경비들은 여기에 있어라!"

"어이, 예로슈카." 그는 초라한 노란 무명 작업복을 입은 어떤 불쌍한 사람을 향해 말했다 — 그 사람은 정원사로 여겨졌다 — "넌 아무 일도 안 하잖아! 몽둥이를 들고 여기 앉아 있어라. 무슨 일 생기면 바로 나에게 달려오너라."

예로슈카는 몽둥이를 들고 마지막 계단에 앉았다. 시종들은 흩어졌고 몇몇 호기심 많은 자들과 떠돌이 아이들만 남았다.

가브릴라는 집으로 돌아가 류보프 류비모브나를 통해 여주인에게 모든 일이 완료됐다는 보고를 보냈다. 여주인은 손수건 끝으로 고개를 끄덕이고, 향수를 뿌리고, 냄새를 맡고, 관자놀이를 문질렀으며, 차를 맛있게 마신 뒤 여전히 체리월계수약이 남은 영향 아래서 다시 잠들었다.

그 소란한 사건이 있은 지 한 시간 후 방 문이 열리고 게라심이 나타났다. 그는 제일 좋은 카프탄을 걸치고 무무를 끈으로 이끌고 나왔다. 예로슈카는 비켜 서서 그가 지나가게 했다. 게라심은 대문을 향해 걸었다. 마당의 모든 떠돌이 아이들은 그를 조용히 바라보았으나 아무 말도 하지 않았다. 그는 심지어 돌아보지도 않았다. 모자를 길 위에서 겨우 올려썼다.

가브릴라는 예로슈카를 정찰병으로 보냈다. 예로슈카는 멀리서 게라심이 무무와 함께 식당으로 들어가는 것을 보았고, 그가 나올 때까지 기다렸다.

게라심은 그 식당에서 널리 알려진 존재였다. 사람들은 그의 손짓을 이해했다. 그는 고기와 함께 '쉬치[16]'를 주문하고, 팔을 식탁에 얹은 채 자리에 앉았다. 무무는 그의 의자 옆에 서서, 지혜로운 눈으로 조용히 그를 바라보았다. 그 털은 마치 윤이 나는 듯 말끔하게 정돈되어 있어 보기에도 아주 좋았다. 곧 양배추 수프가 나왔다. 게라심은 접시에 빵 조각을 넣고, 고기를 잘게 썰어 담은 뒤 접시를 바닥에 내려놓았다. 무무는 평소처럼 품위 있게 먹기 시작했다. 입을 살짝

16　고기 또는 고기 없이 만든 양배추 수프, 러시아 전통 음식.

만 댄 채로 아주 얌전히 먹었다. 게라심은 오랫동안 무무를 바라보았다. 갑자기 무거운 눈물 두 방울이 그의 눈에서 흘러나왔다. 하나는 강아지의 움푹한 이마 위로, 다른 하나는 시치 수프 안으로 떨어졌다. 그는 손으로 얼굴을 가렸다. 무무는 접시의 절반을 먹고 나서, 입을 핥으며 자리를 떴다. 게라심은 자리에서 일어나 수프값을 치르고, 약간 의아해하는 웨이터의 시선을 받으며 식당을 나섰다.

예로슈카는 게라심을 보고 골목 모퉁이까지 뛰어갔다가 그를 지나친 뒤 다시 뒤를 쫓았다.

게라심은 빨리 걷지 않았다. 그는 항상 무무를 끈으로 붙잡고 있었다. 길모퉁이에 다다르자 그는 잠시 멈춰 무언가를 생각하는 듯했으나 곧 성큼성큼 크리메아 고개 쪽으로 걸음을 옮겼다. 가는 길에 그는 한 집 마당으로 들어갔는데, 그곳 옆에 공사 중인 별채가 있었다. 거기서 그는 두 개의 벽돌을 품에 끼고 나왔다. 크리메아 고개를 지나면서 그는 강가로 향해 갔고, 장대자루가 매달린 두 척의 작은 배가 묶여 있는 곳까지 걸어가 (이전부터 그걸 본 적이 있었다) 무무와 함께 한 척에 뛰어올랐다.

정체를 알 수 없는 늙은이가 채소밭 구석의 초막 뒤에서 기어 나오며 그를 부르짖었으나, 게라심은 고개만 끄덕이고 노를 힘껏 저어 강물을 거슬러 나아갔고, 곧 아주 멀리 떨어졌다. 그 늙은이는 잠시 서서 등을 긁적이며 초막으로 절뚝 걸음으로 돌아갔다.

게라심은 쉬지 않고 노를 저었다. 모스크바 시가 이미 저 멀리 뒤에 있었다. 강기슭을 따라 초원과 텃밭과 들판과 작은 숲들이 펼쳐졌으며, 들판과 이즈바들이 보였다. 시골 공기가 폐 깊숙이 들어왔다. 그는 노를 벗어 던지고 무무를 앞에 앉힌 채 가만히 있었다. 물이 배바닥에 잔뜩 고였음에도 그는 움직이지 않고 팔짱을 긴 채 무무의 등에 팔을 올리고 있었다. 파도는 점차 그를 도시로 다시 데려다줬다.

게라심은 자세를 바로하고 빠르게, 병든 듯한 화난 얼굴로, 자신이 가져온 벽돌 두 개를 줄에 묶어 무무의 목에 둘렀다. 그리고 그것을 강 위로 들어올려 마지막으로 바라보았다. 무무는 꼬리를 흔들며 충실하게 그를 바라보고 있었다. 게라심은 고개를 돌리고 눈을 감으며 손을 벌렸다.

게라심은 아무 소리도 듣지 못했다. 떨어지는 무무의 날카로운 비명도, 물 위로 떨어지는 둔탁한 소리도.

가장 시끄러운 날도 그에게는 무의미했고, 가장 고요한 밤도 우리에게처럼 허무하지 않았다. 그가 다시 눈을 뜨자, 강물 위로 물결이 한 줄기씩 흘러갔다. 파도는 배 옆에서 물결쳤고, 멀리 강기슭에서는 둥근 물결들이 퍼져 나갔다.

예로슈카는 더 이상 게라심을 볼 수 없게 되자 집으로 돌아가 그가 본 것을 보고했다.

"그래, 맞아." 스테판이 말했다. "그는 개를 익사시킬 거야. 확실해. 약속했으니까."

그날 하루 게라심을 본 사람은 아무도 없었다. 그는 집에서 점심도 먹지 않았다. 저녁이 되자 모두 식탁에 모였으나 그만은 없었다.

"게라심이 정말 이상해." 큰 체구의 세탁부가 작게 말했다, "개 때문에 이렇게 마음이 상할 수 있을까! 진짜로!"

"게라심이 여기 있었어." 스테판이 말하며 숟가락으로 죽을 떠먹었다.

"뭐? 언제?"

"두 시간쯤 전. 응! 성문 앞에서 서로 만났지. 개에 대해 물어보려 했지만, 그는 기분이 안 좋아 보였어. 응, 날 밀쳐냈지, 아마 나를 피하려고 — 뭐, 아마 그런 뜻이었겠지 — 그리고 내 목을, 아아, 너무 세게 쳤어!" 스테판은 어쩔 수 없이 비틀거리며 웃으며 목을 쓰다듬었다. "그래, 그는 힘센 손을 가졌어, 뭐라고 할 수 없지…."

모두 웃으며 스테판을 놀리다가 잠자러 흩어졌다.

그 무렵, 같은 시간에, 어느 도로 위로 한 거대한 남자가 열심히, 쉴 새 없이 걷고 있었다. 그는 바로 게라심이었다. 그는 뒤돌아보지 않고 고향 마을을 향해 서둘렀다.

불쌍한 무무를 물에 빠뜨린 뒤, 곧바로 자기 방으로 돌아와, 많지 않은 짐을 낡은 말 담요에 재빨리 싸고, 묶은 뒤 어깨에 둘러메고 집을 나섰다. 그는 그 길을 잘 기억하고 있었다 ― 모스크바로 끌려올 때 걸었던 바로 그 길이었다. 귀부인이 그를 데려갔던 마을은 큰길에서 불과 스무 베르스타[17] 떨어진 곳에 있었다. 게라심은 거침없이 걸었다. 절망과 동시에 기이한 해방감이 스며든 결정이었다. 그는 앞으로 걸었다. 넓은 가슴은 크게 열렸고, 두 눈은 허공 어딘가를 향해 굳건히 고정되어 있었다. 그의 발걸음은 마치 누군가가 그를 기다리는 것처럼 조급했다 ― 마치 고향집에 늙은 어머니가 그를 기다리며, 오랜 타향살이 끝에 아들을 불러들이는 것만 같았다. 막 해가 진 직후의 밤은 조용하고 따뜻했다. 해가 졌던 방향 하늘가에는 아직 희끄무레한 빛이 남아 있었고, 그 끝자락은 떠나는 낮의 마지막 여운처럼 붉게 물들어 있었다. 반대쪽에서는 이미 회청빛 안개가 피어오르고 있었고, 그 안개 너머로부터 밤이 다가오고 있었다. 수백 마리의 자고새들이 주위에서 울부짖었고, 마치 누가 더 크게 울 수 있나 서로 겨루는 듯했다. 게라심은 그 소리를 들을 수 없었다. 그는 새들의 울음도, 그의 튼튼한 다리들이 스쳐 지나가는 나무들의 바스락임도 들을 수 없었다.

---

17 베르스타(versto): 러시아의 거리 단위, 약 1,066미터.

하지만 그는 어두운 들판에서 불어오는, 익어가는 호밀의 익숙한 냄새를 맡았다. 고향에서 불어오는 바람이 얼굴을 부드럽게 스치고, 장난스럽게 그의 머리카락과 수염을 흩뜨리는 것이 느껴졌다. 그는 눈앞에 희미하게 밝아오는 길을 보았다. 그것은 화살처럼 곧게 집으로 이어지는 길이었다. 그는 하늘에 무수히 떠 있는 별들을 바라보았다. 별들은 그의 길을 환히 비추고 있었다. 그는 사자처럼 용감하고 힘차게 걸음을 옮겼다. 그리고 해가 떠오르며 붉은 햇살이 그를 비출 즈음, 그는 이미 모스크바에서 서른 베르스타(약 32km) 떨어진 곳까지 와 있었다.

이틀 뒤, 게라심은 이미 자기 집, 즉 이즈바에 도착해 있었다. 그곳에 머물고 있던 군인의 아내[18]는 그가 돌아온 것을 보고 깜짝 놀랐다. 게라심은 성스러운 이콘들[19] 앞에서 기도를 드린 뒤, 곧장 마을 이장에게 갔다.

이장은 놀라움을 감추지 못했다. 하지만 마침 건초를 베는 철이 막 시작된 참이었다. 게라심은 훌륭한 풀베기 장인으로 곧 낫을 받았고, 예전처럼 곧장 풀을 베기 시작했다. 그의 베는 솜씨는 워낙 뛰어나, 이를 지켜보던 마을 사람들은

---

18 군인의 아내: 당시 징병 기간이 길었기 때문에, 병사의 아내는 마을 공동체가 돌보는 일이 많았다. 반항적인 농노들을 군에 보내기도 했다.

19 이콘(ikonoj): 성인이나 성모 마리아를 그린 성화.

저도 모르게 몸을 움찔할 정도였다.

한편 모스크바에서는 다음 날이 되어서야 게라심이 사라졌다는 걸 알아챘다. 그의 방을 확인하고, 가브릴라를 불렀다. 가브릴라는 와서 방을 둘러보고는 어깨를 으쓱했다. 그리고 이렇게 결론 내렸다. "벙어리가 도망쳤거나, 개와 함께 익사했을 겁니다." 경찰에 신고했고, 여주인에게도 보고했다. 여주인은 화를 내며 울음을 터뜨렸다. 그리고 반드시 게라심을 찾아야 한다고 말했고, 자기는 절대로 개를 없애라고 명령한 적이 없다고 확언했다. 결국 그녀는 가브릴라를 호되게 꾸짖었고, 가브릴라는 하루 종일 고개만 절레절레 흔들며 "그래…." 하고 되뇌었다. 그때 외삼촌 홉스토가 와서 그를 위로하며 "그래… 그렇지." 하고 맞장구쳤다. 얼마 뒤, 마을에서 게라심이 도착했다는 소식이 전해졌다. 여주인은 그제야 안심했고, 처음엔 그를 다시 모스크바로 데려오라고 했지만, 이내 마음을 바꿔 "그런 배은망덕한 놈은 필요 없다"고 선언했다.

그 뒤 얼마 지나지 않아 그녀는 세상을 떠났다. 그녀의 상속인들은 게라심에게 아무 관심도 보이지 않았다. 오히려 그들은 어머니가 거느리던 다른 농노들도 보상금을 받고 풀어주었다.

지금도 게라심은 그 외딴 이즈바에서 혼자 살아간다. 여전히 건강하고, 여전히 강인하다. 예전처럼 열심히 일하고, 예전처럼 근엄하고 진지하다. 이웃들은 이렇게 말한다.

"게라심은 모스크바에서 돌아온 뒤로는 여자를 쳐다보지도 않는다더군. 그리고 집에 개도 하나 없대."

"뭐, 사실 결혼이 필요 없는 사람이니 행복한 거지. 그리고 개? 그가 개가 뭐가 필요해? 도둑이라도 끌어들이려 해도, 걘 절대 못 들여보낼걸!"

게라심의 거대한 힘에 대한 이야기는 지금도 이웃 마을까지 퍼져 있다.

아들의 거부

토마스 하디

1

뒤에서 바라보는 남자의 눈에, 그녀의 밤빛 갈색 머리카락은 경이로우면서도 수수께끼 같았다. 검은 비버 모자 위에는 검은 깃털 다발이 얹혀 있었고, 그 아래로 길게 늘어진 머리카락은 마치 바구니를 엮은 갈대처럼 정교하게 땋이고, 꼬이고, 감겨 있었다. 다소 야성적으로 보일 수도 있었지만, 분명 뛰어난 솜씨로 완성된 보기 드문 작품이었다.

그렇게 공들여 엮은 머리가 하루 저녁밖에 유지되지 못하고, 잠자리에 들 때마다 매번 풀려버린다는 사실은, 이처럼 완성도 높은 결과물을 너무도 무모하게 낭비하는 일처럼 느껴졌다.

더욱 놀라운 건, 그 모든 과정을 그녀가 혼자 해냈다는 점이었다. 가엾게도 그녀에게는 하녀가 없었고, 머리 손질은 그녀가 가진 거의 유일한 자랑거리였다. 그러니 거기에 온 힘을 쏟지 않을 수 없었을 것이다. 그녀는 젊고 병약한 부인이었다. 중병은 아니었지만, 바퀴 달린 의자에 앉아 있어야 했다.

때는 6월의 어느 따뜻한 오후, 런던 교외의 작은 공원 혹은 사설 정원에서 자선 기금 마련을 위한 음악회가 열리고 있었다. 초록 울타리로 둘러싸인 공간, 연주대 가까운 앞자리에 그녀의 휠체어가 놓여 있었다.

대도시 안에는 세계 속의 또 다른 세계가 존재한다. 이 자선 단체도, 연주를 맡은 악단도, 정원도 그 밖에서는 거의 알려지지 않았지만, 이 울타리 안의 사람들에게는 모두 익숙한 이름들이었다. 관객들로 가득한 이 작은 세계 안에서, 연주가 이어지는 동안 많은 이들이 그녀를 유심히 바라보았다.

눈에 띄는 자리에 앉아 있던 그녀는 얼굴이 잘 보이지 않았지만, 정교하게 땋은 머리, 하얗고 깨끗한 귀와 목덜미, 자연스러운 뺨의 곡선이 시선을 끌었다. 그런 뒷모습은 자연히 '얼굴도 예쁘겠지' 하는 기대를 불러일으켰고, 그 기대는 은근한 바람으로 이어지곤 한다. 그러나 현실은 기대를 배신할 때가 많다. 이 경우도 그랬다. 그녀가 고개를 돌려 마침내 얼굴을 드러냈을 때, 사람들은 자신들이 막연히 품고 있던 기대—왜 그런 기대를 했는지도 모를—에 미치지 못함을 느꼈다. 그 이유 중 하나는, 너무 흔하디흔한 이유지만, 그녀가 생각보다 젊지 않았기 때문일 것이다.

그럼에도 불구하고 그녀의 얼굴은 충분히 매력적이었고, 아픈 사람처럼 보이지도 않았다. 그녀가 옆에 서 있던 소년에게 말을 걸 때면 그런 인상이 더욱 뚜렷해졌다. 소년은 열두세 살쯤 되어 보였고, 입은 모자와 재킷을 보면 명문 공립학교에 다니는 학생임이 분명했다. 가까이에 있던 이들은 그가 그녀를 "어머니"라고 부르는 것을 들었다.

연주가 끝나고 사람들이 흩어질 때, 많은 이들이 그녀 곁을 지나며 일부러 팔꿈치 근처로 다가갔다. 그녀를 조금 더 가까이서 보기 위해서였다. 휠체어에 앉아 길이 트이기를 기다리던 그녀는 그 시선을 예감하고 있었던 듯했고, 호기심을 채워주는 것도 개의치 않는 눈치였다. 몇몇과는 눈이 마주쳤는데, 그녀의 눈동자는 부드럽고 갈색이었으며, 다정하면서도 어딘가 애잔한 빛이 담겨 있었다.

정원을 나와 인도로 들어선 그녀 곁에는 소년이 나란히 걷고 있었다. 그녀가 완전히 자취를 감춘 뒤, 주변에서 누군가 그녀에 대해 묻자 이렇게 대답이 돌아왔다. 그녀는 인근 교구의 목사의 두 번째 부인이며, 다리를 저는 사람이라고.

사람들은 그녀가 뭔가 이야기를 품은 여인일 거라고 생각했다. 그것이 아무리 결백한 이야기일지라도, 무언가의 사연이 있으리라 믿었다.

집으로 돌아가는 길에, 곁에서 걷던 소년이 말했다.

"아버지가 우리가 없어서 섭섭해하시지 않았을까요?"

"지난 몇 시간 동안 아주 편안하셨었을 테니, 우리가 없는 걸 느끼지도 못하셨을 거다." 그녀가 대답했다.

"'하셨었을'이 아니라, 어머니—'하셨을테니'에요!"

소년은 거의 냉혹할 정도로 까다로운 투로 외쳤다.

"이제 그 정도는 아셔야죠!"

그녀는 황급히 그의 정정을 받아들였고, 그의 무례한 지적에 분개하지도 않았다. 몰래 주머니 속에 숨겨둔 케이크를 꺼내 먹다 부스러기가 묻은 입을 닦으라고 되받아칠 수도 있었지만, 그러지 않았다. 그 후로 둘은 말없이 걸었다.

그 문법 문제는 그녀의 삶과 맞닿아 있었고, 그녀는 깊은 상념에 잠겼다. 겉보기에도 다소 슬픈 회상이었다. 어쩌면 그녀는, 지금의 이런 결과를 낳도록 자신의 삶을 그렇게 빚어온 것이 과연 현명했는지를 스스로에게 묻고 있었는지도 모른다.

런던에서 약 40마일 떨어진 노스웨식스의 한 구석, 번성하는 군청 소재지 올드브릭햄 근처에, 교회와 사제관을 갖춘 아기자기한 마을이 하나 있었다. 그녀는 그곳을 잘 알고 있었지만, 그녀의 아들은 한 번도 가본 적이 없었다. 그곳은 그녀의 고향 게이미드였고, 현재의 처지와 관련된 첫 사건이 벌어진 곳이기도 했다. 그때 그녀의 나이는 겨우 열아홉이었다.

그녀는 또렷이 기억하고 있었다. 그녀 인생의 작은 비극

희극에서 첫 장면, 즉 목사의 첫 번째 부인의 죽음을. 그 일은 어느 봄날 저녁에 일어났고, 지금 수년 동안 그 자리를 대신하고 있는 그녀는 당시 사제관의 응접실 하녀였다.

모든 조치가 끝나고 사망 소식이 공식적으로 전해진 뒤, 그녀는 해질녘에 부모에게 그 소식을 알리기 위해 밖으로 나섰다. 흰 그네문을 열고 서쪽을 바라보니, 저녁 하늘의 엷은 빛을 가로막는 나무들 옆으로 한 남자의 형체가 보였다. 놀라운 일도 아니었건만, 그녀는 예의상 장난스럽게 외쳤다.

"어머, 샘, 정말 놀랐잖아요!"

그는 마을에서 알고 지내던 젊은 정원사 샘 홉슨이었다. 그녀는 방금 일어난 일을 설명했고, 두 젊은이는 잠시 말없이 서 있었다. 가까운 곳에서 비극이 일어나되, 그것이 자신들에게 직접 닥치지 않았을 때 생기는 묘하게 차분하고 철학적인 마음 상태 속에서였다. 그러나 그 일은 그들의 관계에 영향을 미쳤다.

"그럼 이제도 계속 사제관에 계실 건가요?"

그가 물었다.

그녀는 그 점을 깊이 생각해본 적이 없었다.

"아, 네… 그럴 것 같아요. 모든 게 그대로겠죠?"

그는 그녀의 어머니 집까지 함께 걸었다. 그러다 그의 팔이 그녀의 허리를 감쌌다. 그녀는 조심스럽게 팔을 치웠으나, 그는 다시 팔을 두르며 말했다.

"소피, 지금은 잘 모르겠지만, 앞으로 집이 필요해질 수
도 있어요. 언젠가는 제가 집을 마련해줄 수도 있고요. 지금
은 아닐지라도."

"샘, 왜 이렇게 서두르세요? 난 아직 당신을 좋아한다고
말한 적도 없어요. 다 당신 혼자 앞서가는 거잖아요."

"그래도 남들처럼 나도 한 번쯤은 기회를 가져야 하지 않
겠어요?"

그는 작별의 키스를 하려 몸을 숙였다.

"안 돼요, 샘! 그러면 안 돼요."

그녀는 그의 입을 손으로 막았다.

"이런 날엔 좀 더 진지해야 해요."

그녀는 키스도, 집 안으로 들어오게도 허락하지 않은 채
작별을 고했다.

그 무렵, 막 홀아비가 된 트와이콧 목사는 마흔 살 안팎
의 남자였다. 가문도 좋았고, 자식도 없었다. 그는 대학 교구
라는 이곳에서 은둔에 가까운 삶을 살아왔는데, 이는 거주하
는 지주가 없었기 때문이기도 했다. 아내의 죽음은 그의 은
둔적 성향을 더욱 깊게 만들었다. 그는 세상에서 벌어지는
소위 '진보'라는 움직임의 리듬과 소음으로부터 한층 더 멀
어졌다.

아내가 죽은 뒤에도 몇 달 동안 그의 집안 살림은 예전과 다르지 않았다. 요리사, 하녀, 응접실 하녀, 외부 일을 맡은 남자는 각자 자연이 이끄는 대로 일하거나, 일을 하지 않았다. 목사는 그것이 제대로 돌아가는지조차 알지 못했다. 그러다 누군가가, 혼자 사는 그의 집에는 하인들이 할 일이 너무 없다는 사실을 상기시켰다. 그는 그 말의 타당성을 깨닫고 인원을 줄이기로 했다.

그러나 그보다 먼저, 응접실 하녀 소피가 어느 날 저녁 그에게 말했다.

"그만두고 싶습니다."

"왜인가?" 목사가 물었다.

"샘 홉슨이 저와 결혼하자고 했습니다."

"그래서… 자네는 결혼하고 싶은가?"

"별로요. 하지만 집은 생기겠죠. 그리고 우리 중 누군가는 나가야 한다는 얘기도 들었고요."

며칠 뒤 그녀는 다시 말했다.

"아직은 나가고 싶지 않습니다, 목사님. 샘과 다투었습니다."

그는 고개를 들고 그녀를 보았다. 이전에는 거의 그녀를 의식한 적이 없었으나, 방 안에 있는 그녀의 부드러운 존재감은 늘 느끼고 있었다. 얼마나 고양이처럼 유연하고, 섬세하고, 다정한 존재인가. 그녀는 그가 직접적이고 지속적으로 접하는 유일한 하인이었다. 소피가 떠난다면 그는 어찌해야 할까.

결국 소피는 떠나지 않았고, 다른 하인 하나가 대신 나갔다. 집안은 다시 조용해졌다.

어느 날 목사가 병이 났을 때, 소피는 식사를 그의 방으로 날랐다. 하루는 그녀가 방을 나서자 계단에서 소리가 났다. 쟁반을 들고 미끄러져 발을 접질러, 서 있을 수 없게 된 것이다. 마을 외과의가 불려왔다. 목사는 회복했으나, 소피는 오랫동안 일을 할 수 없게 되었고, 앞으로는 오래 걷거나 서서 하는 일은 절대 해서는 안 된다는 진단을 받았다. 상태가 조금 나아지자 그녀는 혼자 목사를 찾아가 말했다.

"이제 저는 일을 할 수 없으니, 떠나는 것이 옳습니다. 앉아서 할 수 있는 일이라면 가능하고, 재봉 일을 하는 이모도 있습니다."

그는 그녀가 자신 때문에 겪은 고통에 크게 마음이 움직였다.

"아니다, 소피. 다리를 절든 아니든, 나는 자네를 보낼 수 없네. 자네는 절대로 나를 떠나선 안 되네."

그는 그녀에게 다가왔고, 어떻게 그런 일이 벌어졌는지는 그녀 자신도 정확히 알 수 없었지만, 그의 입술이 그녀의 뺨에 닿았다. 그리고 그는 그녀에게 결혼해 달라고 청했다. 소피는 그를 사랑하지는 않았으나, 거의 숭배에 가까운 존경심을 품고 있었다. 그렇게 존엄하고 경건한 인물 앞에서 거절한다는 것은 상상하기 어려운 일이었고, 그녀는 곧바로 그의 아내가 되겠다고 응했다.

그리하여 어느 화창한 아침, 환기를 위해 교회 문이 열려 있고, 지저귀는 새들이 지붕 들보 위를 날아다니는 가운데, 성찬대 앞에서 결혼식이 조용히 치러졌다. 거의 아무도 알지 못한 결혼이었다. 목사와 이웃 교구의 부목사가 한쪽 문으로 들어왔고, 소피는 다른 문으로 들어와 두 명의 증인과 함께했으며, 잠시 뒤 새 부부가 모습을 드러냈다.

트와이콧 목사는 이 결혼으로 사회적으로 자살한 것이나 다름없다는 사실을 잘 알고 있었다. 그래서 이미 대비책을 마련해 두었다. 그는 런던 남부의 한 교구 목사와 교환 부임을 약속해 두었고, 가능한 한 빨리 그곳으로 옮겼다. 나무와 관목, 교회 토지를 갖춘 아름다운 시골 집과 훌륭한 종소리를 버리고, 길고 곧은 거리의 좁고 먼지투성이 집과 인간의 귀를 고문하는 듯한 빈약한 종소리를 택한 것이었다. 모두 그녀를 위한 선택이었다. 그곳에서는 그녀의 과거를 아는 사람이 없었고, 시골 교구에서보다 외부의 시선도 훨씬 적었다.

소피라는 여인은 더없이 훌륭한 반려자였으나, 소피라는 숙녀로서는 부족한 점이 있었다. 살림과 예절 같은 소소한 영역에서는 타고난 재능을 보였으나, 소위 '교양'에서는 직관이 부족했다. 결혼한 지 14년이 넘도록 남편은 그녀의 교육에 많은 노력을 기울였으나, was와 were의 용법에 대한 혼란은 여전했고, 이는 그녀가 사귄 몇 안 되는 지인들로부터 존중을 얻지 못하게 했다.

이 점에서 그녀의 가장 큰 슬픔은, 유일한 자식인 아들이 이제는 그런 결점을 알아차릴 나이가 되었고, 그것을 인식하는 데서 그치지 않고 짜증까지 느낀다는 사실이었다.

그녀는 도시에서 그렇게 살아갔다. 아름다운 머리칼을 땋는 데 시간을 허비하며, 한때 사과처럼 붉던 뺨은 아주 옅은 분홍빛으로 바래 갔다. 사고 이후 다리는 예전 힘을 회복하지 못했고, 거의 걷지 못하게 되었다. 남편은 런던의 자유로움과 사적인 생활을 좋아하게 되었으나, 그녀보다 스무 살이나 많았고, 최근 들어 중병에 걸렸다. 다만 그날만큼은, 아들 랜돌프와 함께 음악회에 갈 수 있을 만큼은 괜찮아 보였다.

2

    다음으로 그녀의 모습이 다시 보이는 것은, 검은 상복을 입은 과부의 차림일 때다.

    트와이콧 목사는 끝내 회복하지 못했고, 이제는 대도시 남쪽에 자리한 묘지에 단단히 안치되어 있었다. 그 묘지에 묻힌 모든 죽은 이들이 만약 일어나 살아 움직인다 해도, 그 중 누구 하나 그를 알아보거나 그의 이름을 기억하지 못할 만큼 낯선 곳이었다. 소년은 아버지를 성실히 장지까지 따라갔고, 다시 학교로 돌아가 있었다.

    이 모든 변화 속에서 소피는 나이와는 달리, 타고난 성정 탓에 마치 아이처럼 다루어졌다. 그녀는 남편의 재산 가운데 자신의 소박한 개인 수입을 제외하고는 아무것도 관리할 권한을 부여받지 못했다. 남편은 그녀의 경험 부족이 이용당할까 염려하여, 가능한 모든 재산을 신탁 관리 아래 두어 철저히 보호해 두었다. 아들의 공립학교 교육, 이후 옥스퍼드 진학과 성직 서품까지도 이미 모두 계획되어 있었고, 그녀에게 세상에서 남은 일이라곤 먹고 마시고, 무위로 시간을 보내는 것을 하나의 일처럼 삼으며, 밤빛 갈색 머리카락을 계속 엮고 감는 것, 그리고 방학 때 아들이 찾아올 수 있도록 집을 비워 두는 것뿐이었다.

남편은 자신이 그녀보다 훨씬 먼저 세상을 떠날 가능성을 오래전부터 내다보고, 생전에 런던 남부의 같은 길 위—교회와 사제관이 마주 보고 서 있는 그 길—에 반연립 주택 하나를 마련해 두었다. 그녀가 원하기만 하면 평생 살 수 있도록 한 집이었다. 그녀는 이제 그곳에 거주하며, 앞마당의 자그마한 잔디 조각과 난간 너머로 끊임없이 흐르는 거리의 왕래를 바라보았다. 혹은 2층 창가에 몸을 내밀고, 그을음 낀 나무들, 흐릿한 공기, 잿빛 집 정면들이 끝없이 이어지는 시야를 따라 위아래로 눈길을 보내며, 교외의 주요 도로에서 흔히 울려 퍼지는 소음을 들었다.

어느새 그녀의 아들은, 귀족적인 학교 교육과 문법 지식, 그리고 강한 혐오감을 갖춘 채, 태어날 때 모든 아이들이 그러하듯 태양과 달까지 포괄하던 넓은 공감 능력을 점점 잃어 가고 있었다. 자연의 아이였던 그녀가 사랑해 마지않던 그 공감은, 이제 수천 명의 부유하고 작위 있는 사람들—수십억에 이르는 나머지 인간들 위에 얇게 덧씌운 표면층—로 축소되었고, 그 외의 사람들은 그의 관심 밖에 놓였다. 그는 점점 그녀로부터 멀어져 갔다.

소피의 생활권은 소상인과 하급 사무원들이 사는 교외

였고, 그녀의 거의 유일한 동무는 집 안의 두 하인이었다. 남편이 죽은 뒤 얼마 지나지 않아, 그녀가 그에게서 겨우 배운 인위적인 취향마저 잃어버리고, 아들의 눈에는 자신의 실수와 출신을 신사로서 부끄러워해야 할 어머니가 되어버린 것은 놀랄 일이 아니었다. 그는 아직—그리고 어쩌면 영원히—그런 결점들이, 그녀의 가슴에 가득 차 있으나 받아들여지지 못한 애정에 비하면 얼마나 미미한 것인지를 헤아릴 만큼 성숙하지 못했다. 만약 그가 그녀와 함께 집에서 살았다면, 그 애정은 모두 그의 것이 되었을 터였다. 그러나 그는 지금 상황에서 그것을 거의 필요로 하지 않는 듯 보였고, 애정은 그대로 쌓여만 갔다.

그녀의 삶은 견딜 수 없을 만큼 지루해졌다. 걷는 것도 힘들었고, 마차를 타고 나들이를 하거나 여행을 떠나는 데도 흥미를 느끼지 못했다. 거의 2년이 아무 일 없이 흘렀고, 그녀는 여전히 그 교외의 길을 바라보며, 자신이 태어난 마을—아, 얼마나 기쁘게 돌아갔을까! 비록 들판에서 일하는 삶이라도—을 생각했다.

운동을 하지 못해 잠을 이루지 못하는 밤이 잦았고, 그녀는 한밤중이나 이른 새벽에 일어나 텅 빈 도로를 내려다보곤 했다. 가로등들은 마치 어떤 행렬을 기다리는 보초처럼 서 있었다. 실제로 새벽 한 시쯤이면, 그와 비슷한 행렬이 나타났다. 코벤트 가든 시장으로 향하는 채소 마차들이 줄지어 지나가는 시간이었다. 그녀는 그 고요하고 어스름한 시간에, 마차가 마차를 잇대어 느릿느릿 지나가는 모습을 자주 보았다. 쓰러질 듯 고개를 끄덕이지만 끝내 쓰러지지 않는 양배추 더미, 콩과 완두가 담긴 바구니 벽, 눈처럼 흰 순무의 피라미드, 여러 작물이 섞인 흔들리는 적재물들—그 모든 것이 늙은 야간마들 뒤를 따라 움직였다. 말들은 마치 기침을 하며, 왜 늘 모든 생명체가 쉬는 이 시간에만 자신들은 일해야 하는지 묵묵히 의아해하는 듯 보였다. 외투를 두르고 그것들을 바라보며 공감하는 일은, 우울과 신경 과민으로 잠들지 못하는 그녀에게 위안이 되었다. 등불 아래로 들어설 때마다 신선한 채소들이 생기를 띠고, 땀에 젖은 말들이 긴 여정의 흔적을 증기로 내뿜는 광경은 마음을 달래주었다.

이 반농촌적 사람들과 마차들은, 도시의 공기 속에서 낮의 노동자들과는 전혀 다른 삶을 사는 존재들이었고, 소피에게는 거의 매혹적인 관심의 대상이 되었다. 어느 날 아침, 감자 마차를 따라 걷던 한 남자가 집 정면들을 유심히 바라보며 지나갔다. 그녀는 문득 그의 모습이 낯설지 않다고 느꼈다. 그 마차는 노란 앞판을 지닌 구식이어서 알아보기 쉬웠고, 사흘 뒤 새벽에 그녀는 다시 그것을 보았다. 마차 옆을 걷는 남자는, 그녀가 짐작했던 대로, 예전에 게이미드에서 정원사로 일하던 샘 홉슨이었다. 한때 그녀와 결혼할 수도 있었던 그 남자였다.

그녀는 가끔 그를 떠올리며, 그와 함께 오두막에서 사는 삶이 지금의 삶보다 더 행복했을지도 모른다고 생각하곤 했다. 열정적으로 그를 그리워한 것은 아니었지만, 지금의 음울한 처지는 그의 재등장을 특별한 의미로 만들었다. 그것은 결코 과장할 수 없는, 다정한 관심이었다. 그녀는 다시 침대로 돌아가 생각에 잠겼다. 이렇게 새벽마다 런던으로 올라오는 시장 정원사들은 언제 돌아갈까? 그녀는 낮의 교통 속에 섞여 거의 눈에 띄지 않게 내려가는 빈 마차들을, 정오 이전 어딘가에서 본 기억이 어렴풋이 떠올랐다.

4월이었지만, 그날 아침 그녀는 아침 식사 후 창문을 열고 앉아, 희미한 햇살을 정면으로 받으며 거리를 바라보았다. 바느질하는 척했으나, 눈은 한시도 길에서 떨어지지 않았다. 열 시에서 열한 시 사이, 짐을 내린 마차가 돌아오는 길에 다시 나타났다. 그러나 그때의 샘은 주위를 둘러보지 않았고, 상념에 잠긴 채 마차를 몰았다.

"샘!"

그녀가 외쳤다.

그는 깜짝 놀라 돌아보더니 얼굴이 환해졌다. 그는 지나가던 소년에게 말의 고삐를 맡기고 내려, 그녀의 창 아래로 다가왔다.

"샘, 내려가기 힘들어요. 아니면 제가 갔을 텐데요. 제가 여기 사는 줄 알았나요?"

"트와이콧 부인, 이 근처 어딘가에 사신다는 건 알고 있었습니다. 늘 찾아봤지요."

그는 자신이 이곳에 오게 된 사연을 간단히 설명했다. 오래전에 올드브릭햄 근처 마을의 정원 일을 그만두고, 지금은 런던 남쪽의 시장 정원업자 밑에서 관리자로 일하고 있으며, 일주일에 두세 번 코벤트 가든으로 채소 마차를 몰고 올라오는 것이 그의 임무라는 것이었다. 왜 이 지역을 드나들게 되었느냐는 그녀의 질문에, 그는 몇 년 전 올드브릭햄 신문에서 게이미드의 전직 목사가 런던 남부에서 사망했다는 기사를 보고, 그녀의 거처에 대한 관심이 되살아났다고 털어놓았다. 그 관심을 떨쳐낼 수 없어, 결국 이 일자리를 얻을 때까지 이 근방을 맴돌았다는 것이다.

그들은 노스웨식스의 고향 마을, 어린 시절 함께 놀던 장소들을 이야기했다. 그녀는 이제 자신이 품위 있는 인물이라는 점을 자각하고, 샘에게 너무 허물없이 대하지 말아야 한다고 애써 느끼려 했지만, 끝내 그러지 못했다. 눈에 맺힌 눈물이 목소리에 그대로 배어 나왔다.

"행복하지 않으신 것 같군요, 트와이콧 부인."

그가 말했다.

"그럴 리가 있나요. 재작년에 남편을 잃었는데요."

"아니요, 그런 뜻이 아닙니다. 다른 의미에서요. 다시 고향으로 돌아가고 싶지 않으세요?"

"여기가 제 집이에요. 평생 살 집이죠. 이 집은 제 거예요. 하지만…"

그녀는 결국 털어놓았다.

"그래요, 샘. 집이 그리워요—우리 집이요. 거기서 살고, 떠나지 않고, 거기서 죽고 싶어요."

그러다 정신을 차렸다.

"그건 잠깐의 감정일 뿐이에요. 아들이 있잖아요. 지금은 학교에 있어요."

"가까운 데겠죠? 이 길에도 학교가 많던데요."

"아니에요! 이런 보잘것없는 곳이 아니에요. 공립학교에요. 영국에서도 손꼽히는 곳이죠."

"이런 세상에! 그렇겠죠."

그는 말했다.

"마님께서 오랫동안 숙녀로 사셨다는 걸 잊고 있었네요."

"아니에요. 난 숙녀가 아니에요."

그녀는 슬프게 말했다.

"앞으로도 그럴 일은 없을 거예요. 하지만 그는 신사예요. 그게… 아, 얼마나 어려운지 몰라요."

3

이렇게 기이하게 다시 이어진 두 사람의 인연은 빠르게 가까워졌다. 그녀는 밤이든 낮이든 그를 보기 위해 자주 창밖을 내다보았고, 몇 마디라도 나누려 애썼다. 그녀의 유일한 슬픔은, 자신이 걸을 수 없어 그 유일한 옛 친구와 길을 나란히 걸으며 더 자유롭게 대화할 수 없다는 사실이었다. 6월 초 어느 날 밤, 그녀는 며칠 만에 다시 창가에 앉아 그를 기다리고 있었는데, 샘이 문을 열고 조용히 말했다.

"이런 바람 쐬는 건 몸에 참 좋을 거예요. 오늘은 짐도 반밖에 없어요. 저랑 코벤트 가든까지 올라가실래요? 양배추 위에 포대자루를 깔아놨어요. 해 뜨기 전에 마차 타고 돌아오면 아무도 모를 거예요."

그녀는 처음엔 거절했지만, 곧 흥분에 몸을 떨며 황급히 옷을 입고, 망토와 베일을 둘렀다. 손잡이를 잡고 계단을 조심스레 내려와 문을 열자, 샘이 현관 계단 위에 서 있었다. 그는 그녀를 안아 조심스레 들고 마차에 태웠다. 그 긴 직선 도로에는 사람 그림자 하나 없었고, 가로등들은 양방향으로 멀리 뻗어 끝없이 이어져 있었다. 이 시간의 공기는 시골 공기만큼 상쾌했고, 별들도 반짝이고 있었다. 동북쪽 하늘에만 희미한 빛—새벽이—비치고 있었다. 샘은 그녀를 조심히 양배추 더미 위 자리에 앉히고 마차를 몰았다.

그들은 마치 예전처럼 이야기했다. 샘은 간혹 너무 친근하게 구는 걸 스스로 자제했지만, 그녀는 더없이 즐거워했다. 그녀는 망설이며 이렇게 말했다.

"이런 일을 저질러도 되는지 모르겠어요. 하지만 집 안에 있으면 너무 외로워요. 이렇게 나오니 정말 행복해요."

"또 오셔야죠, 트와이콧 부인. 이 시간처럼 바람 쐬기 좋은 때는 없어요."

점점 날이 밝아졌다. 참새들이 거리에 모여들고, 도시의 풍경은 점점 더 빽빽해졌다. 강가에 다다를 무렵엔 이미 아침이었고, 다리 위에서 두 사람은 세인트 폴 대성당 방향으로 눈부시게 퍼지는 햇살을 마주했다. 강물은 그 빛을 향해 반짝이고 있었고, 배 한 척 떠 있지 않았다.

코벤트 가든 근처에서 그는 그녀를 마차에서 내려 택시

에 태웠고, 두 사람은 오랜 친구처럼 서로를 바라보며 작별했다. 그녀는 아무 일도 없이 집에 도착했고, 절룩거리며 문을 열고 열쇠로 조용히 들어갔다.

신선한 공기와 샘의 존재는 그녀에게 생기를 불어넣었다. 그녀의 뺨은 분홍빛으로 물들었고—거의 아름답게까지 보였다. 그녀는 아들 외에도 삶에 의미가 생긴 듯했다. 순결한 본성을 지닌 여인으로서, 이 새벽 외출이 진정 잘못된 일이 아니라는 것을 알고 있었지만, 사회적 통념으로는 대단히 부적절한 일이라는 생각이 들었다.

그러나 그녀는 이내 또다시 샘과 동행하는 유혹을 떨치지 못했다. 이번에는 두 사람의 대화가 분명히 더 다정했고, 샘은 과거에 그녀에게 상처받은 일이 있었지만 그녀를 결코 잊지 못했다고 말했다. 오랜 망설임 끝에 그는 자신이 실현 가능한 계획을 하나 갖고 있다고 밝혔다. 런던 일을 더는 좋아하지 않게 된 그는, 그들의 고향이 있는 올드브릭햄에서 청과물 가게를 차릴 준비를 하고 있었다. 은퇴를 앞둔 노부부가 운영 중인 가게가 있었고, 그 자리를 인수할 수 있다는 것이었다.

"그럼 왜 안 하세요, 샘?"

그녀는 약간 불안한 마음으로 물었다.

"당신이 함께해줄지 확신이 없어서요. 나 같은 남자랑

결혼하겠다고 당신이 나설 수 있을지, 나도 알죠. 지금껏 숙녀로 살아오셨잖아요."

"글쎄요… 아마 못 하겠죠."

그녀도 그 생각에 겁이 났다.

"혹시라도 해주신다면요."

그는 간절히 말했다.

"그냥 뒷방에 앉아서 유리 칸막이 너머로 가게 좀 지켜봐주시면 돼요. 제가 나가 있을 때 말이에요. 다리 아픈 건 아무 상관 없어요… 소피, 예전처럼 정중히 모실게요. 가능하다면요."

"샘, 솔직히 말할게요."

그녀는 그의 손 위에 손을 얹고 말했다.

"저 혼자였다면, 기꺼이 당신과 결혼했을 거예요. 다 가진 걸 잃더라도요. 다시 결혼하면 지금 가진 건 전부 잃게 되거든요."

"그건 상관없어요. 오히려 더 자립적인 거죠."

"정말 고마워요, 샘. 정말… 고마워요. 하지만 하나 더 있어요. 저에겐 아들이 있어요… 전 가끔, 괴로울 때면, 그 애가 정말 내 아들이 아닌 것처럼 느껴져요. 마치 돌아가신 남편이 저에게 잠시 맡겨둔 아이 같아요. 저 개인의 아들이 아니라, 남편의 아들처럼 느껴져요. 그 애는 너무 배웠고, 나는 너무 배우지 못했어요. 그래서 그 애의 어머니로서 자격이 부족하단 생각이 들어요… 그 애한테 말해야겠죠."

"그건 당연하죠."

샘은 그녀의 두려움을 이해했다.

"그래도, 하고 싶은 대로 하셔도 돼요, 소피—트와이콧 부인. 자식은 당신이 아니라, 그 쪽이에요."

"샘, 당신은 몰라요! 정말 몰라요. 만약 가능하다면, 언젠 가는… 결혼할게요. 하지만 시간이 필요해요. 조금만 더 기다려줘요."

그 말만으로도 그는 행복했다. 그러나 그녀는 그렇지 못했다. 아들에게 말한다는 건 도무지 상상할 수 없는 일이었다. 옥스퍼드로 진학한 후라면 그녀가 무엇을 하든 아들의 삶에 별다른 영향을 주지 않을 수도 있지만, 과연 그가 받아들일까? 그가 받아들이지 않는다면, 그녀는 그를 거역할 수 있을까?

그녀는 아직 아무 말도 꺼내지 못했다. 그 사이 샘은 이미 올드브릭햄으로 돌아갔다. 그해 여름, 공립학교 간의 연례 크리켓 경기가 로즈 경기장에서 열렸고, 소피는 오랜만에 기운이 좋아 아들 랜돌프와 함께 경기에 갔다. 그녀는 의자에서 내려와 잠시 걸을 수도 있었고, 그 순간 좋은 생각이 떠올랐다. 경기에 몰두한 아들이 들떠 있을 때, 관객들 사이를 돌아다니며 이야기를 꺼내면, 이런 집안 이야기는 그날의 승리 앞에서 별것 아니게 여겨지지 않을까 싶었다.

두 사람은 뙤약볕 아래를 걸었다. 이렇게 멀어지면서도 가까운 이 모자(母子)는, 하얀 큰 칼라에 납작한 모자를 쓴 자신의 아들과 비슷한 수많은 소년들 사이를 지나갔다. 주변엔 호화로운 점심 잔재들—뼈, 파이 껍질, 샴페인 병, 유리잔, 접시, 냅킨, 가정용 은식기—이 어지럽게 널린 대형 마차들이 줄지어 있었다. 마차 위에는 자랑스러운 아버지들과 어머니들이 앉아 있었다. 하지만 그들 중에 그녀 같은 가난한 어머니는 단 한 명도 없었다.

만약 랜돌프가 그들 집단에 속하지 않았다면, 만약 그가 그 계급만을 중시하지 않았다면, 얼마나 행복했을까! 방망이 하나 휘두르는 데도 관중들이 환호성을 지르자, 랜돌프는 흥분하여 껑충 뛰어올랐다. 소피는 머릿속에 준비해두었던 말을 꺼내려 했지만, 끝내 입을 열지 못했다. 그날의 화려한 분위기와 그녀가 전하려는 이야기의 괴리는 너무도 컸다. 아들이 동경하는 세상의 가치와 자신의 현실이 너무 달랐기에, 오늘은 적절한 순간이 아니었다. 더 나은 때를 기다리기로 했다.

결국 그녀는 어느 날, 둘만 있는 교외의 평범한 집에서—이 집의 삶은 '푸른' 것이 아니라 '갈색'이었다—마침내 입을 열었다. 가까운 시일 내에 결혼하지 않을 거라는 말로 먼저 전제하며, 언젠가 결혼할 수도 있다는 말을 조심스럽게 꺼냈다. 아들은 이를 꽤 합리적인 생각이라 여기며, 상대가 누구냐고 물었다. 그녀는 망설였고, 아들은 뭔가를 직감했다.

"계부가 신사인 거죠?"

그가 물었다.

"네가 말하는 그런 의미의 신사는 아니야."

그녀는 조심스럽게 답했다.

"그 사람은… 네 아버지를 만나기 전의 나 같은 사람이야."

그리고 점차 모든 것을 털어놓았다. 소년의 얼굴은 굳더니, 이내 붉게 달아올랐고, 책상에 기대어 격하게 울음을 터뜨렸다. 그녀는 아들의 얼굴에 입을 맞출 수 있는 곳마다 입을 맞추고, 그의 등을 두드리며 달랬다. 마치 그가 아직 아기였던 시절처럼, 그녀 자신도 울면서. 아들은 간신히 울음을 그치자마자 자기 방으로 뛰어가 문을 잠갔다. 그녀는 문 밖에서 기다리며, 열쇠 구멍 너머로 대화를 시도했다. 한참 만에 돌아온 아들의 대답은 냉혹했다.

"어머니가 부끄러워요! 그딴 촌놈이라니! 상스럽고, 무식하고, 천박한 사람이라니요! 영국의 모든 신사들 앞에서, 전 그런 어머니를 둔 걸 수치로 여길 거예요!"

"더 말하지 마라―내가 틀렸을지도 모른다! 노력해볼 게… 참아볼게…."

그녀는 절망 속에 외쳤다.

그해 여름, 랜돌프가 떠나기 전, 샘에게서 편지가 도착했 다. 뜻밖의 행운으로 올드브릭햄에서 가게를 얻게 되었다는 소식이었다. 그는 이미 가게를 인수했고, 과일과 채소를 함 께 파는 그 지역 최대의 상점이었다. 언젠가 그녀와 함께 살 기에 손색이 없는 집이 될 거라고 했다. 올라가 그녀를 만나 도 되겠냐는 내용도 있었다.

그녀는 몰래 그를 만났고, 아직 결정하지 못했으니 기다 려달라고 말했다.

가을은 그렇게 지나갔고, 겨울이 되어 크리스마스 방학 을 맞은 아들이 집에 돌아오자 그녀는 다시 그 이야기를 꺼 냈다. 그러나 아들은 여전히 완고했다.

그 후 수개월 동안, 그녀는 말을 꺼냈다가 포기하고, 다 시 시도하고, 또다시 포기하며, 그렇게 사 년, 오 년의 세월 이 흘렀다. 그 사이에도 샘은 변함없이 그녀를 기다렸다.

그리고 어느 부활절, 성직 수업 중이던 아들이 집에 내려 왔을 때, 그녀는 다시 결혼 이야기를 꺼냈다. 곧 아들은 독 립해 살게 될 터였고, 문법도 제대로 못 쓰고 배운 것도 없는 자신이 함께 살기엔 오히려 짐이 될 수 있다는 논리였다. 자신을 지워주는 편이 낫지 않겠냐는 것이었다.

이번에 아들은 더욱 노골적으로 화를 냈다. 그녀 역시 이전보다 더 단호했다. 그는 이제 그녀가 자신의 부재 중에 어떤 결정을 내릴지 알 수 없다는 걱정을 하게 되었다. 하지만 분노와 혐오로, 그는 완전히 주도권을 지켰다. 결국 그는 자신의 방에 마련한 작은 제단 앞에서 그녀를 무릎 꿇게 했고, 거기서 그녀에게 맹세하게 했다.

"샘 홉슨과 어머니 멋대로 결혼하지 않겠다고 맹세하세요. 그건 아버지를 위해서입니다."

가엾은 여인은 맹세했다. 아들이 성직에 종사하게 되면 언젠가 마음을 풀 거라 기대하며. 하지만 그는 그러지 않았다. 교육은 그의 인간미를 밀어내기에 충분했고, 그녀는 샘과 함께한 목가적인 삶을 꾸려갈 수도 있었지만, 그로 인해 누구 하나 해를 입을 일은 세상에 없었건만, 그는 그녀를 끝내 허락하지 않았다.

세월이 흐르며 그녀의 절름발이는 더 심해졌고, 그녀는 거의 집 밖을 나서지 못했다. 남쪽으로 길게 뻗은 대로변 집 안에서, 그녀는 날마다 마음이 시들어갔다.

"샘에게, 나 결혼하겠다고 말하면 안 되는 걸까? 왜 안 되는 걸까?"

그녀는 아무도 없는 방 안에서 조용히 중얼거렸다.

그로부터 약 4년 후, 올드브릭햄에서 가장 큰 과일 가게 앞에, 검은 양복을 입은 중년의 남자가 서 있었다. 그는 그 가게의 주인이었지만, 오늘은 평소 작업복이 아니라 단정한 상복 차림이었고, 가게 창문 일부는 덧문으로 가려져 있었다.

　　기차역 쪽에서 장례 행렬이 다가오고 있었다. 행렬은 그의 가게 앞을 지나 마을 밖으로 향했다. 목적지는 게이미드 마을이었다. 눈가에 눈물이 고인 그 남자는, 행렬이 지나가는 동안 모자를 벗고 있었다. 그리고 조문객 마차 안에는, 검은색 고위 사제복을 입은 젊고 매끈한 얼굴의 성직자가 타고 있었고, 그가 가게 앞에 서 있는 그 상인을 향해 마치 먹구름 같은 눈길을 던지고 있었다.

1891년 12월

우리는 종종 진실을 말해야 할 순간을 마주한다. 하지만 그 순간, 어떤 이들은 입을 다문다. 두려워서가 아니라, 말해도 아무것도 달라지지 않을 것 같아서. 혹은, 말하는 일 자체가 더 큰 상처를 남길 것 같아서. 이 장의 인물들은 오해를 바로잡지 않는다. 진심을 감추고, 상처를 숨기며, 오히려 오해 속에 자신을 맡긴다. 누군가는 침묵 속에서 무너지고, 누군가는 끝까지 그 침묵을 지킨다. 그들은 단 한 마디 말로도 오해를 풀 수 있었지만, 그 침묵 안에 자신을 남겨둔다.

누군가는 그 침묵을 비겁함이라 부를 수도 있다. 하지만 또 누군가는, 그것이 인간적인 나약함의 깊이이자, 한 존재가 선택할 수 있는 가장 고요한 방식의 저항이라고 말할 것이다.

그들이 끝내 말하지 않은 것은,
실은 가장 말하고 싶었던 것일지도 모른다.

2부
말하지 않기로 한 사람들

겁쟁이

기 드 모파상

사교계에서 그는 "미남 시뇰"이라 불렸다. 그의 본명은 공트랑조제프 드 시뇰 자작이었다.

고아였으나 막대한 재산을 물려받은 그는 이른바 '멋쟁이'로 통했다. 외모와 매너가 매력적이었고 화술도 뛰어났으며, 타고난 우아함과 귀족적인 자부심, 멋진 콧수염, 그리고 여성들에게 늘 환영받는 부드러운 눈빛을 지니고 있었다.

그는 여러 연회에 단골로 초대받았고 왈츠를 완벽하게 추었으며, 동성들에게는 인기 있는 사교계 명사들이 흔히 받는 미소 섞인 적대감을 사기도 했다. 그는 독신남의 명성을 높여줄 만한 몇 차례의 연애 사건에 연루되었다는 의심을 받기도 했다. 그는 신체적으로나 정신적으로 안락하고 평화로운 삶을 영위했다. 그는 펜싱 선수로서 상당한 명성을 얻었으며, 사격 선수로서는 그보다 더한 명성을 떨쳤다.

"결투를 해야 할 때가 온다면." 그는 말했다. "나는 권총을 선택하겠소. 그런 무기라면 상대를 확실히 죽일 수 있으니까."

어느 날 저녁, 그는 두 여성 지인과 그들의 남편을 데리고 극장에 갔다가 공연이 끝난 후 토르토니에서 아이스크림을 먹자고 제안했다. 식당에 자리를 잡고 몇 분이 지났을 때, 시뇰은 한 남자가 일행 중 한 부인을 끈질기게 쳐다보고 있다는 사실을 알아차렸다. 부인은 불쾌한 기색으로 고개를 숙였다. 마침내 그녀가 남편에게 말했다.

"저기 어떤 남자가 나를 계속 쳐다보고 있어요. 모르는 사람인데, 당신은 아는 사람인가요?"

아무것도 눈치채지 못했던 남편은 무례한 자를 힐끗 보고는 대답했다.

"아니, 전혀 모르는 사람이군."

부인은 반쯤은 미소를 짓고 반쯤은 화가 난 채 말을 이었다.

"정말 짜증 나네요! 아이스크림 맛이 다 떨어졌어요."

남편은 어깨를 으쓱했다.

"바보 같은 소리! 신경 쓰지 마시오. 무례한 사람들 하나하나에 머리를 싸매다간 다른 일을 할 시간이 없을 거요."

하지만 자작은 갑자기 자리에서 일어났다. 그는 이 무례한 자가 자신의 손님이 즐기는 아이스크림을 망치게 내버려둘 수 없었다. 친구들이 이 식당에 오게 된 것은 자신 때문이었으므로, 이 결례를 인지하고 대처하는 것은 그의 몫이었다. 그는 그 남자에게 다가가 말했다.

"이보시오, 당신이 저 부인들을 쳐다보는 방식은 내가 용납할 수 없는 것이오. 그 무례한 짓을 당장 그만두어 주시오."

상대가 대답했다.

"상관 말고 꺼지시지!"

"조심하시오." 자작이 이를 악물고 말했다. "그렇지 않으면 나도 극단적인 조치를 취할 수밖에 없소."

남자는 단 한 마디로 대답했다. 식당 이 끝에서 저 끝까지 들릴 정도로 상스러운 욕설이었고, 그곳에 있던 모든 이를 깜짝 놀라게 했다. 두 사람을 등지고 있던 이들이 모두 뒤를 돌아보았고, 다른 이들은 고개를 들었다. 세 명의 웨이터가 팽이처럼 제자리에서 뱅글 돌았고, 두 명의 여성 계산원은 총에 맞은 듯 움찔하더니 같은 태엽으로 움직이는 두 대의 자동인형처럼 동시에 몸을 돌렸다.

죽은 듯한 정적이 흘렀다. 그러다 갑자기 날카롭고 명쾌한 소리가 울렸다. 자작이 상대의 뺨을 후려친 것이다. 사람들이 말리려고 일어났다. 명함이 오갔다.

자작은 집에 도착하자마자 몇 분 동안 방 안을 빠르게 서성였다. 그는 너무나 흥분해서 생각을 조리 있게 정리할 수 없었다. 오직 한 가지 생각만이 그를 사로잡았다. 바로 결투였다. 하지만 이 생각은 아직 그에게 어떤 감정도 불러일으키지 않았다. 그는 해야 할 일을 했을 뿐이었다. 자신이 마땅히 보여주어야 할 모습을 증명한 것이다. 사람들은 이 일을 이야기할 것이고, 그를 인정하고 축하해 줄 터였다. 그는 정신적 충격이 클 때 흔히 그렇듯 큰 소리로 중얼거렸다.

"정말 짐승 같은 놈이군!"

그는 자리에 앉아 생각에 잠겼다. 아침이 오자마자 입회인을 찾아야 했다. 누구를 선택해야 할까? 그는 지인 중 가장 영향력 있고 잘 알려진 인물들을 떠올렸다. 마침내 그의 선택은 라 투르누아르 후작과 부르댕 대령에게 돌아갔다. 귀족과 군인, 딱 좋은 조합이었다. 신문에서도 그들의 이름은 무게감을 가질 것이다. 그는 목이 말라 물 세 잔을 연거푸 들이켰다. 그러고는 다시 서성였다. 만약 자신이 용감하고 단호하며 결투에 진지하게 임할 준비가 되어 있다는 것을 보여준다면, 상대는 아마 뒤로 물러나 사과를 건넬 것이다. 그는 주머니에서 꺼내 탁자에 던져두었던 명함을 집어 들었다. 식당에서 힐끗 보았을 때처럼, 그리고 집으로 오는 길에 가스등 불빛 아래서 보았을 때처럼 그는 다시 읽었다. "조르주 라밀, 몽세가 51번지." 그게 전부였다.

그는 이 글자들의 조합을 면밀히 살폈다. 그것은 신비롭고도 수많은 의미를 내포하고 있는 듯 보였다. 조르주 라밀! 그는 누구인가? 직업은 무엇인가? 왜 그 여자를 그렇게 쳐다보았는가? 전혀 모르는 낯선 사람이 단지 여자 하나를 무례하게 쳐다보고 싶어 했다는 이유만으로 누군가의 인생 전체를 이토록 갑자기 뒤흔들어 놓는다는 것이 기괴하지 않은가? 자작은 다시 한번 소리 내어 말했다.

"정말 짐승 같은 놈이야!"

그는 명함에 시선을 고정한 채 미동도 없이 생각에 잠겼다. 이 종이 조각을 향해 마음속에서 분노가 치밀어 올랐다. 그것은 기묘한 불안감이 섞인 원망 섞인 분노였다. 참으로 어처구니없는 일이었다! 그는 손이 닿는 곳에 펼쳐져 있던 칼을 집어 들고, 마치 누군가를 찌르기라도 하듯 인쇄된 이름의 한복판을 단호하게 찔렀다.

결국 싸워야 한다! 검을 택할 것인가, 권총을 택할 것인가? 그는 자신이 모욕을 당한 당사자라고 생각했다. 검을 쓰면 위험은 덜하겠지만, 권총을 쓰면 상대가 물러설 가능성이 있었다. 검을 이용한 결투는 치명적인 경우가 드문데, 서로 조심하다 보니 칼끝이 깊숙이 박힐 만큼 가까이서 싸우지 않기 때문이다. 권총을 쓰면 목숨이 위태롭겠지만, 반면에 결투를 치르지도 않고 당당하게 이 상황을 마무리할 수도 있었다.

"단호하게 나가야 해." 그는 말했다. "그놈이 겁을 먹을 거야."

자신의 목소리에 스스로 놀란 그는 불안하게 방 안을 둘러보았다. 신경이 곤두선 기분이었다. 그는 물을 한 잔 더 마시고 잠자리에 들 준비를 하며 옷을 벗기 시작했다.

침대에 눕자마자 그는 불을 끄고 눈을 감았다.

"내일은 하루 종일 신변을 정리할 시간이 있어." 그는 생각했다. "지금은 잠을 자야 해. 때가 왔을 때 침착하려면."

이불 속은 아주 따뜻했지만 의식을 잃는 데는 실패했다. 그는 몸을 뒤척이며 5분 동안 똑바로 누워 있다가 왼쪽으로 돌아눕고, 다시 오른쪽으로 굴렀다. 다시 목이 말라 일어나 물을 마셨다. 그러자 불길한 예감이 그를 덮쳤다.

"설마 내가 겁을 먹은 건가?"

왜 방 안의 익숙한 소리 하나하나에 심장이 이토록 걷잡을 수 없이 뛰는 것일까? 시계가 울리려 할 때 태엽이 긁히는 예비 소리만 들어도 그는 깜짝 놀랐고, 신경이 너무 쇠약해진 나머지 몇 초 동안 숨을 헐떡였다.

그는 그런 일이 가능할지 스스로 따져보기 시작했다. "내가 겁을 먹을 수 있는 사람인가?"

아니, 그럴 리 없었다. 그는 끝까지 가기로 결심했고, 굴하지 않고 싸우기로 단호하게 마음먹었으니까. 그런데도 몸과 마음이 너무나 어지러워 그는 자문했다.

"나도 모르게 겁을 먹는 것이 가능할까?"

이 의구심, 이 무시무시한 질문이 그를 사로잡았다. 만약 자신의 의지보다 강한 저항할 수 없는 힘이 용기를 꺾어버린다면 어떻게 될까? 그는 분명 약속된 장소에 갈 것이다. 의지가 그를 거기까지 끌고 갈 것이다. 하지만 거기서 몸을 떨거나 기절이라도 한다면? 그는 자신의 사회적 지위와 명성, 가문의 이름을 생각했다.

그는 갑자기 일어나 거울에 비친 자신을 보기로 마음먹었다. 양초에 불을 붙였다. 거울 속에 비친 자신의 얼굴을 보았을 때 그는 거의 자신을 알아보지 못했다. 모르는 사람이 앞에 서 있는 것 같았다. 눈은 비정상적으로 커 보였고 안색은 몹시 창백했다.

그는 거울 앞에 가만히 서 있었다. 건강 상태를 확인하려는 듯 혀를 내밀어 보았는데, 문득 한 가지 생각이 뇌리를 스쳤다.

"내일모레 이 시간이면 나는 죽어 있을지도 모른다."

심장이 고통스럽게 고동쳤다.

"내일모레 이 시간이면 나는 죽어 있을지도 모른다. 내 앞에 있는 이 사람, 거울 속에서 내가 보고 있는 이 '나'라는 존재가 어쩌면 더 이상 존재하지 않을 수도 있다. 아니, 내가 여기 있고, 나 자신을 보고 있고, 살아있음을 느끼고 있는데, 24시간 후면 눈을 감은 채 차갑고 생기 없는 시체가 되어 저 침대에 누워 있을 수도 있다니."

그는 몸을 돌려 방금 떠나온 소파 위에 똑바로 누워 있는 자신의 모습을 선명하게 상상했다. 죽은 자의 튄 얼굴과 축 늘어진 손이 보였다.

그는 침대가 무서워졌고, 그것을 보지 않으려고 흡연실로 갔다. 그는 기계적으로 시가 한 대를 꺼내 불을 붙이고 앞뒤로 걷기 시작했다. 몸이 추웠다. 하인을 깨우려고 벨 쪽으로 한 걸음 다가갔지만, 벨 줄을 향해 손을 뻗은 채 멈춰 섰다.

"그가 내가 겁먹은 걸 보게 될 거야!"

벨을 누르는 대신 그는 직접 불을 지폈다. 물건들을 만지는 그의 손이 신경질적으로 떨렸다. 머리가 어지러웠고 생각은 혼란스럽고 단절되었으며 고통스러웠다. 술에 취한 것처럼 정신이 멍해졌다.

그러는 내내 그는 계속해서 되뇌었다.

"어떡하지? 난 어떻게 되는 거지?"

온몸이 경련하듯 떨렸다. 그는 일어나 창가로 가서 커튼을 젖혔다.

여름날의 동이 트고 있었다. 분홍빛 하늘이 도시의 지붕과 벽 위로 빛을 뿌렸다. 떠오르는 태양의 애무처럼 빛의 홍조가 깨어나는 세상을 감쌌고, 새벽의 미광은 자작의 가슴속에 새로운 희망을 지폈다. 아무것도 결정되지 않았는데, 입회인들이 조르주 라밀의 입회인들을 만나기도 전에, 싸워야할지 말지도 모르는 상황에서 공포에 굴복하다니 얼마나 바보 같은 짓인가!

그는 몸을 씻고 옷을 입은 뒤 단호한 발걸음으로 집을 나섰다.

길을 가며 그는 되뇌었다.

"단호해야 해. 아주 단호하게. 내가 겁먹지 않았다는 걸 보여줘야 해."

입회인들인 후작과 대령은 그의 처분에 따르기로 했고, 그의 손을 따뜻하게 맞잡은 뒤 세부 사항을 논의하기 시작했다.

"진지한 결투를 원하나?" 대령이 물었다.

"네, 아주 진지하게요." 자작이 대답했다.

"권총을 고집하는 건가?" 후작이 덧붙였다.

"그렇습니다."

"다른 모든 준비는 우리에게 맡기겠나?"

건조하고 끊어지는 목소리로 자작이 대답했다.

"스무 걸음 거리에서, 신호에 따라, 팔은 내리는 게 아니라 올리는 방식으로. 한쪽이 중상을 입을 때까지 사격을 교환하는 것으로 하죠."

"훌륭한 조건이군." 대령이 만족스러운 어조로 선언했다. "자네는 명사수니 모든 승산이 자네에게 있네."

그들은 헤어졌다. 자작은 그들을 기다리기 위해 집으로 돌아왔다. 일시적으로 가라앉았던 흥분은 이제 매 순간 커

져만 갔다. 팔과 다리, 가슴에서 일종의 떨림, 즉 지속적인 진동이 느껴졌다. 앉아 있을 수도 서 있을 수도 없었다. 입안은 바짝 말랐고, 그는 입천장에서 혀를 떼어내려는 듯 때때로 쩍쩍 소리를 냈다.

점심을 먹으려 했으나 음식이 넘어가지 않았다. 그러자 술에서 용기를 얻어야겠다는 생각이 들어 럼주 한 병을 가져오게 했고, 작은 잔으로 여섯 잔을 연거푸 들이켰다.

타오르는 듯한 온기가 느껴지더니 정신이 멍해졌다. 그는 스스로에게 말했다.

"어떻게 해야 할지 알겠어. 이제 괜찮을 거야!"

하지만 한 시간쯤 지나자 병은 비었지만 불안은 그 어느 때보다 심해졌다. 땅바닥에 몸을 던지고, 물어뜯고, 비명을 지르고 싶은 미친 듯한 갈망이 그를 사로잡았다. 밤이 깊었다.

벨 소리에 너무나 기운이 빠진 나머지 그는 입회인들을 맞이하러 일어날 힘조차 없었다.

변해버린 목소리가 자신을 배신할까 두려워 그는 그들에게 말을 걸거나 인사를 건네거나 단 한 마디를 내뱉을 엄두도 내지 못했다.

"자네가 원하는 대로 다 정해졌네." 대령이 말했다. "상대방은 처음에는 모욕당한 쪽의 특권을 주장했지만, 곧 굴복하고 자네의 조건을 받아들였네. 그의 입회인들은 군인 두 명이라네."

"고맙소." 자작이 말했다.

후작이 덧붙였다.

"아직 처리할 일이 많아서 지금 바로 가봐야 하니 이해해 주게나. 중상을 입을 때까지 결투를 멈추지 않기로 했으니 믿을 만한 의사가 필요하네. 자네도 알다시피 총알은 장난이 아니니까. 부상자를 필요할 때 옮길 수 있도록 민가 근처의 장소를 골라야 하네. 사실 준비하는 데 적어도 두세 시간은 더 걸릴 거야."

자작은 두 번째로 말했다.

"고맙소."

"괜찮은가?" 대령이 물었다. "침착한가?"

"완벽하게 침착하오, 고맙소."

두 남자가 물러갔다.

다시 혼자가 되자 그는 미쳐버릴 것만 같았다. 하인이 등불을 켜자 그는 편지를 쓰기 위해 책상에 앉았다. 종이 맨 위에 "이것은 나의 유언장이다"라는 문구를 적었을 때, 그는 생각을 잇거나 무엇에 대해서도 결정을 내릴 능력이 없음을 느끼며 자리에서 벌떡 일어났다.

결국 싸우게 되는구나! 더 이상 피할 수 없다. 대체 무엇이 그를 사로잡은 것일까? 그는 싸우고 싶었고, 싸우기로 굳게 결심했다. 그런데도 정신적인 노력과 모든 의지력을 동원했음에도 불구하고, 그는 이 시련을 견뎌내는 데 필요한 최소한의 힘조차 유지할 수 없음을 느꼈다. 그는 결투 장면과 자신의 태도, 그리고 적의 모습을 상상해 보려 애썼다.

때때로 이가 부딪치는 소리가 들릴 정도로 떨렸다. 그는 책이라도 읽어야겠다고 생각하며 샤토빌라르의 『결투 규칙』을 꺼냈다. 그러다 그는 말했다.

"상대방은 권총 사용에 능숙한가? 유명한 사람인가? 어떻게 알아낼 수 있지?"

그는 드 보 남작이 쓴 사수들에 관한 책을 떠올리고 처음부터 끝까지 뒤졌다. 조르주 라밀이라는 이름은 없었다. 하지만 만약 그가 숙련자가 아니라면, 그렇게 위험한 무기와 치명적인 조건을 군말 없이 받아들였을 리가 있겠는가?

그는 작은 탁자 위에 놓인 가스틴 르네트 상자를 열고 권총 한 자루를 꺼냈다. 그러고는 사격 자세를 취하며 팔을 들어 올렸다. 하지만 그는 머리끝부터 발끝까지 떨고 있었고, 손 안의 무기가 흔들렸다.

그는 스스로에게 말했다.

"불가능해. 이런 식으로는 싸울 수 없어."

그는 권총 끝에 달린 작고 검은, 죽음을 뿜어내는 구멍을 바라보았다. 그는 불명예, 클럽에서의 수군거림, 친구들의 거실에서 터져 나올 미소, 여성들의 경멸, 신문의 은밀한 비웃음, 그리고 겁쟁이들이 자신에게 퍼부을 모욕을 생각했다.

그는 여전히 무기를 바라보았고, 공이를 들어 올리자 그 아래에서 뇌관이 반짝이는 것이 보였다. 권총은 어떤 우연이나 실수로 장전된 채 남아 있었던 것이다. 그리고 그 발견은 이유도 모르게 그를 기쁘게 했다.

만약 상대방 앞에서 자신의 명예에 꼭 필요한 확고한 태도를 유지하지 못한다면, 그는 영원히 파멸할 것이다. 그는 낙인찍히고 겁쟁이라는 오명을 쓴 채 사교계에서 쫓겨날 것이다! 그는 자신이 그 침착하고 흔들림 없는 태도를 유지할 수 없으리라는 것을 느꼈고, 또 알고 있었다. 그런데도 그는 용감했다. 다음에 이어진 생각은 머릿속에서 채 완성되기도 전이었으니까. 그는 입을 크게 벌리고 갑자기 권총 총신을 목구멍 깊숙이 찔러 넣은 뒤 방아쇠를 당겼다.

총소리에 놀란 하인이 방으로 달려 들어왔을 때, 그는 주인이 똑바로 누워 죽어 있는 것을 발견했다. 뿜어져 나온 피가 책상 위의 하얀 종이를 적셨고, 다음 문구 아래에 커다란 진홍색 얼룩을 만들었다.

"이것은 나의 유언장이다."

손

셔우드 앤더슨

오하이오주 와인즈버그 마을 근처, 협곡 가장자리에 세워진 작은 목조 주택의 반쯤 썩어가는 베란다 위를 한 뚱뚱하고 작은 노인이 초조하게 왔다 갔다 하고 있었다. 클로버를 심었으나 노란 겨자 잡초만 무성하게 자라난 긴 밭 너머로, 들판에서 수확을 마치고 돌아오는 딸기 채취꾼들을 태운 마차 한 대가 공로를 따라 지나가는 것이 보였다. 젊은 남녀들인 채취꾼들은 시끌벅적하게 웃고 소리를 질러댔다. 파란 셔츠를 입은 한 소년이 마차에서 뛰어내리더니 한 소녀를 끌어내리려 했고, 소녀는 날카로운 비명을 지르며 저항했다. 도로 위 소년의 발길질에 먼지구름이 일어 저물어가는 태양의 얼굴 위로 흩날렸다. 긴 밭 너머로 가냘픈 소녀의 목소리가 들려왔다.

"이봐요, 윙 비들바움, 머리 좀 빗어요. 눈을 가리잖아요."

대머리인 노인에게 그 목소리가 명령했다. 노인의 초조한 작은 손은 마치 엉킨 머리카락을 정리하려는 듯 맨살이 드러난 하얀 이마 위를 만지작거리고 있었다.

윙 비들바움은 늘 겁에 질려 있었고 유령 같은 의구심들에 시달렸다. 그는 자신이 20년 동안 살아온 이 마을 삶의 일부라고는 전혀 생각지 않았다. 와인즈버그의 모든 사람 중 오직 한 사람만이 그에게 가까이 다가왔다. 뉴 윌러드 하우스의 주인인 톰 윌러드의 아들, 조지 윌러드와 그는 우정 비슷한 것을 맺고 있었다. 조지 윌러드는 『와인즈버그 이글』지의 기자였으며, 가끔 저녁이면 공로를 따라 윙 비들바움의 집까지 걸어오곤 했다. 노인은 베란다를 왔다 갔다 하며 손을 초조하게 움직이는 지금 이 순간에도, 조지 윌러드가 찾아와 저녁 시간을 함께 보내주기를 바라고 있었다. 딸기 채취꾼들을 태운 마차가 지나간 후, 그는 무성한 겨자 잡초를 헤치고 밭을 가로질러 가로막힌 울타리에 올라가 마을로 이어지는 도로를 불안하게 살폈다. 그는 잠시 그렇게 서서 두 손을 비비며 도로 위아래를 훑어보더니, 공포가 엄습하자 다시 자기 집 포치로 달려가 걷기 시작했다.

20년 동안 마을의 수수께끼 같은 존재였던 윙 비들바움은 조지 윌러드 앞에 서면 그 소심함을 어느 정도 떨쳐버렸다. 의구심의 바다에 잠겨 있던 그의 어두운 인격은 세상 밖으로 고개를 내밀었다. 젊은 기자가 곁에 있으면 그는 대낮에 메인 스트리트로 나가는 모험을 감행하거나, 자기 집의 덜컹거리는 앞 포치를 흥분해서 떠들며 성큼성큼 오갔다. 낮고 떨리던 목소리는 날카롭고 커졌다. 굽었던 몸은 꼿꼿이 펴졌다. 낚시꾼에 의해 다시 시냇물로 돌아간 물고기처럼, 침묵하던 비들바움은 꿈틀거리며 말을 쏟아내기 시작했다. 오랜 침묵의 세월 동안 마음속에 쌓아온 생각들을 언어로 표현하려 애쓰면서 말이다.

윙 비들바움은 손으로 많은 말을 했다. 가냘프고 표정이 풍부한 손가락들은 잠시도 가만히 있지 못했다. 늘 주머니 속이나 등 뒤로 숨으려 애쓰던 그 손가락들은 밖으로 나오면 그의 표현 기계의 피스톤 로드가 되었다.

윙 비들바움의 이야기는 곧 손의 이야기다. 갇힌 새의 날 갯짓 같은 그 손의 끊임없는 움직임 때문에 그는 지금의 이름을 얻게 되었다. 마을의 어느 무명 시인이 생각해낸 이름이었다. 손은 그 주인마저 불안하게 만들었다. 그는 손을 숨겨두고 싶어 했으며, 들판에서 곁에 앉아 일하거나 시골길에서 졸음 섞인 마차를 몰고 지나가는 다른 사내들의 조용하고 무표정한 손을 경이롭게 바라보았다.

조지 윌러드와 대화할 때 윙 비들바움은 주먹을 꽉 쥐고 탁자나 집 벽을 두드렸다. 그렇게 하면 마음이 한결 편안해졌다. 두 사람이 들판을 걷다가 대화하고 싶은 욕구가 생기면, 그는 나무 그루터기나 울타리 상단 판자를 찾아내어 손으로 바쁘게 두드리며 다시 편안하게 말을 이어갔다.

윙 비들바움의 손 이야기는 그 자체로 책 한 권 분량의 가치가 있다. 공감 어린 시선으로 서술된다면, 이름 없는 사람들 속에 숨겨진 기묘하고 아름다운 자질들을 많이 끌어낼 수 있을 것이다. 그것은 시인이 해야 할 일이다. 와인즈버그에서 그 손은 오로지 그 분주한 움직임 때문에 주목받았다. 그 손으로 윙 비들바움은 하루에 딸기를 140쿼트나 따기도 했다. 손은 그의 특징이자 명성의 원천이 되었다. 또한 그것은 이미 기괴하고 파악하기 힘든 그의 개성을 더욱 기괴하게 만들었다. 와인즈버그 사람들은 뱅커 화이트의 새 석조 저택이나, 클리블랜드 가을 경주에서 우승한 웨슬리 모이어의 밤색 종마 토니 팁을 자랑스러워하는 것과 같은 마음으로 윙 비들바움의 손을 자랑스러워했다.

조지 윌러드는 여러 번 그 손에 대해 묻고 싶었다. 때로는 압도적인 호기심이 그를 사로잡기도 했다. 그는 저 기묘한 움직임과 숨기려는 경향에는 분명 이유가 있을 것이라고 느꼈다. 하지만 윙 비들바움에 대한 존경심이 커져갔기에, 마음속에 맴도는 질문들을 불쑥 내뱉지 않을 수 있었다.

한번은 거의 물어볼 뻔한 적이 있었다. 어느 여름날 오후, 두 사람은 들판을 걷다가 풀이 우거진 둑에 앉아 쉬고 있었다. 오후 내내 윙 비들바움은 영감을 받은 사람처럼 말을 쏟아냈다. 그는 울타리 옆에서 멈춰 서서 거대한 딱따구리처럼 상단 판자를 두드리며 조지 윌러드에게 소리쳤다. 주변 사람들에게 너무 많은 영향을 받는 조지의 경향을 꾸짖으면서 말이다.

"자네는 자신을 파괴하고 있어." 그가 외쳤다. "자네는 혼자 있고 싶어 하고 꿈꾸고 싶어 하는 성향이 있지만, 동시에 꿈을 두려워하고 있지. 자네는 여기 마을의 다른 사람들처럼 되고 싶어 해. 그들의 말을 듣고 그들을 흉내 내려 하고 있어."

풀밭 둑 위에서 윙 비들바움은 자신의 주장을 다시 한번 강조하려 애썼다. 그의 목소리는 부드럽고 추억에 젖어 들었으며, 만족스러운 한숨과 함께 꿈속을 헤매는 사람처럼 길고 두서없는 이야기를 시작했다.

그 꿈속에서 윙 비들바움은 조지 윌러드를 위해 하나의 그림을 그려냈다. 그 그림 속에서 사람들은 일종의 전원적인 황금기 속에 다시 살고 있었다. 푸른 들판 너머로 매끈한 몸매의 젊은이들이 어떤 이는 걷고 어떤 이는 말을 타고 다가왔다. 젊은이들은 떼를 지어 작은 정원의 나무 아래 앉아 그들에게 말을 건네는 한 노인의 발치에 모여들었다.

윙 비들바움은 완전히 영감에 사로잡혔다. 이번만큼은 손의 존재를 잊었다. 손은 천천히 기어 나와 조지 윌러드의 어깨 위에 놓였다. 말을 이어가는 목소리에 새롭고 대담한 기운이 서렸다.

"자네가 배운 모든 것을 잊으려 노력해야 하네." 노인이 말했다. "꿈을 꾸기 시작해야 해. 이제부터는 저 포효하는 목소리들에 귀를 닫아야 하네."

말을 멈추고 윙 비들바움은 조지 윌러드를 길고 간절하게 바라보았다. 그의 눈이 빛났다. 다시 소년을 어루만지려 손을 들어 올린 순간, 공포의 빛이 그의 얼굴을 휩쓸고 지나갔다.

윙 비들바움은 몸을 경련하듯 움직이며 벌떡 일어나 두 손을 바지 주머니 깊숙이 찔러 넣었다. 그의 눈에 눈물이 고였다.

"이제 집에 가야겠네. 자네와 더는 말을 할 수가 없군."

그가 초조하게 말했다.

노인은 뒤도 돌아보지 않고 언덕 아래를 내려가 초원을 가로질러 서둘러 가버렸고, 조지 윌러드는 당혹감과 두려움에 휩싸인 채 풀밭 경사면에 남겨졌다. 소년은 공포로 몸을 떨며 일어나 마을로 이어지는 도로를 따라 걸어갔다.

"그의 손에 대해서는 묻지 않겠어." 소년은 그 사내의 눈에서 보았던 공포의 기억에 마음이 움직여 생각했다. "무언가 잘못되었어. 하지만 그게 무엇인지 알고 싶지 않아. 그의 손은 나에 대한, 그리고 모든 사람에 대한 그의 공포와 관련이 있어."

조지 윌러드의 생각이 맞았다. 이제 그 손의 이야기를 잠시 살펴보자. 어쩌면 이 이야기가 그 손이 단지 흔들리는 깃발에 불과했던, 그 이면에 숨겨진 경이로운 이야기를 들려줄 시인을 깨울지도 모른다.

젊은 시절 윙 비들바움은 펜실베이니아의 어느 마을에서 학교 교사였다. 그때 그는 윙 비들바움으로 알려지지 않았고, 아돌프 마이어스라는 덜 매끄러운 이름을 쓰고 있었다. 아돌프 마이어스로서 그는 학교 소년들에게 많은 사랑을 받았다.

아돌프 마이어스는 본성적으로 청소년들을 가르치기 위해 태어난 사람이었다. 그는 너무나 부드러운 힘으로 아이들을 이끌었기에, 그것이 도리어 사랑스러운 약점으로 보이기도 했다. 세상이 좀처럼 이해하기 힘든 부류의 사람이었다. 자신이 맡은 소년들에 대한 감정은, 남자를 사랑하는 고결한 여성들의 마음과 다르지 않았다.

하지만 그것은 투박한 표현일 뿐이다. 거기에는 시인이 필요하다. 학교 소년들과 함께 아돌프 마이어스는 저녁이면 산책을 하거나, 황혼이 질 때까지 학교 계단에 앉아 일종의 꿈에 빠진 채 대화를 나누었다. 그의 손은 여기저기로 움직이며 소년들의 어깨를 어루만지고 헝클어진 머리카락을 만지작거렸다. 말을 할 때 그의 목소리는 부드럽고 음악적이었다. 그 목소리에도 어루만짐이 담겨 있었다. 어떤 면에서 그 목소리와 손, 어깨를 쓰다듬고 머리카락을 만지는 행위는 어린 마음속에 꿈을 심어주려는 훈장의 노력의 일부였다.

그는 손가락 끝에 담긴 어루만짐으로 자신을 표현했다. 그는 생명을 창조하는 힘이 한곳에 집중되지 않고 온몸으로 퍼져 있는 그런 부류의 사람이었다. 그의 손길 아래 소년들의 마음속에서 의구심과 불신은 사라졌고, 그들 역시 꿈을 꾸기 시작했다.

그러다 비극이 닥쳤다. 학교의 지능이 낮은 한 소년이 젊은 스승을 연모하게 되었다. 소년은 밤에 침대에 누워 입에 담지 못할 일들을 상상했고, 아침이 되면 자신의 꿈을 사실인 양 떠들고 다녔다. 소년의 느슨한 입술에서 기묘하고 끔찍한 비난들이 쏟아져 나왔다. 펜실베이니아의 그 마을에 전율이 일었다. 아돌프 마이어스에 대해 사람들이 품고 있던 막연하고 어두운 의구심들이 확신으로 돌변했다.

비극은 지체 없이 찾아왔다. 떨고 있는 아이들이 침대에서 끌려 나와 심문을 받았다.

"선생님이 저를 팔로 감쌌어요." 한 아이가 말했다.

"선생님 손가락은 항상 제 머리카락을 만지고 있었어요." 다른 아이가 말했다.

어느 날 오후, 술집을 운영하던 마을 사람 헨리 브래드퍼드가 학교로 찾아왔다. 그는 아돌프 마이어스를 학교 마당으로 불러내어 주먹으로 때리기 시작했다. 그의 딱딱한 주먹이 겁에 질린 교사의 얼굴을 내리칠수록 그의 분노는 점점 더 끔찍해졌다. 아이들은 당혹감에 비명을 지르며 흩어진 곤충들처럼 여기저기로 도망쳤다.

"내 아들에게 손을 대다니, 이 짐승 같은 놈, 내가 본때를 보여주마." 교사를 때리다 지친 술집 주인은 마당 여기저기로 그를 걷어차며 포효했다.

아돌프 마이어스는 그날 밤 펜실베이니아의 마을에서 쫓겨났다. 등불을 든 열두 명의 사내가 그가 혼자 사는 집 문앞에 나타나 옷을 입고 나오라고 명령했다. 비가 내리고 있었고 사내 중 한 명은 밧줄을 들고 있었다. 그들은 교사를 교수형에 처할 생각이었으나, 너무나 작고 창백하며 가련한 그의 모습에 마음이 움직여 그를 도망치게 내버려 두었다. 그가 어둠 속으로 달려가자 사내들은 자신들의 나약함을 후회하며 그의 뒤를 쫓았다. 그들은 욕설을 퍼붓고 막대기와 부드러운 진흙 덩어리를 던졌고, 비명을 지르는 그 형체는 어둠 속으로 점점 더 빨리 달려갔다.

20년 동안 아돌프 마이어스는 와인즈버그에서 혼자 살았다. 그는 겨우 마흔 살이었지만 예순다섯 살처럼 보였다. 비들바움이라는 이름은 그가 오하이오 동부의 한 마을을 서둘러 지나갈 때 화물역에서 본 상품 상자에서 따온 것이었다. 와인즈버그에는 닭을 치는 검은 이빨의 노파인 고모가 한 명 있었고, 그녀가 죽을 때까지 함께 살았다. 펜실베이니아에서의 사건 이후 그는 1년 동안 앓아누웠고, 회복된 후에는 들판에서 일용직 노동자로 일하며 소심하게 돌아다니고 손을 숨기려 애썼다. 무슨 일이 일어난 것인지 이해하지 못했지만, 그는 이 손에 잘못이 있음에 틀림없다고 느꼈다. 소년들의 아버지는 반복해서 그 손에 대해 이야기했었다.

"그 손 좀 가만히 둬!" 술집 주인은 학교 마당에서 분노에 날뛰며 포효했었다.

협곡 옆 자기 집 베란다 위에서 윙 비들바움은 태양이 사라지고 밭 너머 도로가 잿빛 그림자 속으로 사라질 때까지 계속해서 왔다 갔다 했다. 집으로 들어간 그는 빵을 자르고 그 위에 꿀을 발랐다. 그날 수확한 딸기를 실은 급행 화물차를 매단 저녁 기차의 덜컹거림이 지나가고 여름밤의 정적이 다시 찾아오자, 그는 다시 베란다로 나갔다. 어둠 속에서는 손이 보이지 않았고, 손은 조용해졌다. 인간에 대한 사랑을 표현하는 매개체였던 소년의 존재를 여전히 갈망했지만, 그 갈망은 다시 그의 고독과 기다림의 일부가 되었다. 램프를 켠 윙 비들바움은 간단한 식사로 더러워진 몇 안 되는 접시를 닦고, 포치로 이어지는 스크린 도어 옆에 접이식 간이침대를 펴고 잠자리에 들 준비를 했다. 탁자 옆 깨끗하게 닦인 바닥에 하얀 빵 부스러기 몇 개가 흩어져 있었다. 낮은 의자 위에 램프를 올려놓은 그는 부스러기를 줍기 시작했다. 밑을 수 없을 만큼 빠른 속도로 부스러기를 하나씩 입으로 가져갔다. 탁자 아래 짙은 빛의 얼룩 속에서 무릎을 꿇은 그 형체는 마치 교회에서 예식을 올리는 사제처럼 보였다. 빛 속을 들락날락하며 번뜩이는 초조하고 표정 풍부한 손가락들은, 묵주의 신비 하나하나를 빠르게 읊조리며 넘기는 독실한 신도의 손가락으로 오해받기에 충분했다.

삶의 어느 지점에서 우리는 선택 앞에 선다.
행동할 것인가, 가만히 있을 것인가.

세상은 종종 행동하는 자를 높이 평가한다. 정의 앞에 나서고, 진실
을 외치고, 불의에 저항하는 사람들을. 하지만 어떤 선택은 그 반대
편에서 이루어진다. 말하지 않고, 움직이지 않고, 오직 지켜보는 쪽에
서는 것으로서.
이 장의 인물들은 침묵하고, 무심한 듯 자리를 지킨다. 이들의 침묵
은 무기력함이 아니다. 그들은 움직이지 않음으로써 어떤 판단을 내
린다. 세상을 향해 등 돌리고 있는 것처럼 보이지만, 어쩌면 세상의
무게를 누구보다 진지하게 받아들이고 있는지도 모른다.

어떤 태도는 외치는 것이 아니라
물러서 있는 방식으로 존재를 증명한다.

3부
지켜보는 쪽을 택한 사람들

내기

안톤 체호프

1

어느 어두운 가을밤이었다. 늙은 은행가는 서재 구석구석을 서성거리며, 15년 전 가을에 열었던 파티를 회상하고 있었다. 그 파티에는 지적인 사람들이 많이 모였고 흥미로운 대화가 오갔다. 그들은 여러 주제 중에서도 사형 제도에 관해 이야기를 나누었다. 학자와 기자들이 적지 않았던 손님들 대부분은 사형 제도에 반대했다. 그들은 사형이 형벌로서 시대뒤떨어진 방식이며, 기독교 국가에 부적합하고 비도덕적이라고 생각했다. 그들 중 일부는 사형을 보편적으로 종신형으로 대체해야 한다는 의견을 내놓았다.

"나는 당신들의 의견에 동의하지 않소." 주인인 은행가가 말했다. "나는 사형도 종신형도 경험해 본 적이 없지만, 선험적으로 판단해 본다면 사형이 종신형보다 더 도덕적이고 인도적이라고 생각하오. 사형은 즉각 생명을 앗아가지만, 종신형은 서서히 죽이는 것이기 때문이오. 몇 초 만에 숨을 끊는 사형 집행인과, 수년에 걸쳐 끊임없이 생명력을 빨아들이는 집행인 중 누가 더 인도적이겠소?"

"둘 다 똑같이 비도덕적입니다." 손님 중 한 명이 대꾸했다. "생명을 빼앗는다는 목적이 같기 때문이죠. 국가는 신이 아닙니다. 국가는 나중에 돌려주고 싶어도 돌려줄 수 없는 것을 빼앗을 권리가 없습니다."

그 자리에는 25세 정도의 젊은 변호사도 있었다. 그의 의견을 묻자 그는 이렇게 대답했다.

"사형과 종신형은 똑같이 비도덕적입니다. 하지만 만약 둘 중 하나를 선택해야 한다면, 나는 당연히 후자를 택하겠습니다. 전혀 살지 못하는 것보다는 어떻게든 사는 것이 나으니까요."

열띤 논쟁이 이어졌다. 당시 더 젊고 혈기 왕성했던 은행가는 갑자기 화를 내며 탁자를 주먹으로 내리쳤고, 젊은 변호사를 향해 소리쳤다.

"거짓말 마시오! 당신이 독방에서 5년이라도 버틴다면 내가 200만 루블을 걸겠소."

"진심으로 하시는 말씀이라면," 변호사가 대답했다. "나는 5년이 아니라 15년을 버티는 것에 걸겠습니다."

"15년이라! 좋소!" 은행가가 외쳤다. "여러분, 내가 200만 루블을 걸겠소."

"동의합니다. 당신은 200만 루블을 걸고, 나는 나의 자유를 걸겠습니다." 변호사가 말했다.

그리하여 이 무모하고 어처구니없는 내기가 성사되었

다. 당시 셀 수 없을 만큼 많은 돈을 가졌던, 제멋대로이고 변덕스러운 은행가는 환희에 들떴다. 저녁 식사 중에 그는 변호사에게 농담조로 말했다.

"젊은이, 너무 늦기 전에 정신 차리게. 나에게 200만 루블은 아무것도 아니지만, 자네는 인생의 가장 좋은 시절 중 3, 4년을 잃게 될 걸세. 3, 4년이라고 말한 건 자네가 그 이상은 절대 못 버틸 것이기 때문이야. 불행한 젊은이여, 강제적인 구금보다 자발적인 구금이 훨씬 더 견디기 힘들다는 사실을 잊지 말게. 언제든 자유를 얻을 권리가 있다는 생각이 감방 안에서의 삶 전체를 독으로 물들일 걸세. 자네가 가엾군."

이제 은행가는 서재를 서성거리며 그 모든 일을 떠올리고 자문했다.

"나는 왜 그런 내기를 했을까? 그게 무슨 소용이란 말인가? 변호사는 인생의 15년을 잃고, 나는 200만 루블을 날리게 생겼으니. 그것이 사형이 종신형보다 더 나쁘다거나 낫다는 것을 사람들에게 증명해 줄 수 있을까? 아니, 아니야! 다 부질없는 짓이지. 내 입장에서는 배부른 자의 변덕이었고, 변호사 입장에서는 황금에 대한 순전한 탐욕이었을 뿐이야."

그는 파티가 끝난 뒤에 일어난 일들을 더듬어 보았다. 변호사는 은행가의 저택 정원에 딸린 별채에서 엄격한 감시하에 수감 생활을 하기로 결정되었다. 수감 기간 동안 그는 문턱을 넘을 수도, 살아있는 사람을 볼 수도, 인간의 목소리를 들을 수도 없으며, 편지나 신문을 받는 것도 금지된다는 합의가 이루어졌다. 다만 악기를 연주하고, 책을 읽고, 편지를 쓰고, 포도주를 마시고 담배를 피우는 것은 허용되었다. 합의에 따라 그는 이 목적을 위해 특별히 만들어진 작은 창문을 통해서만 외부 세계와 소통할 수 있었으나, 오직 서면으로만 가능했다. 책, 악보, 포도주 등 필요한 모든 것은 창문을 통해 쪽지를 보내면 원하는 만큼 받을 수 있었다. 합의서에는 수감 생활을 철저히 고립시키기 위한 아주 세세한 사항들까지 명시되었으며, 변호사는 1870년 11월 14일 낮 12시부터 1885년 11월 14일 낮 12시까지 정확히 15년 동안 머물러야 했다. 만약 그가 조건을 위반하거나, 정해진 시간보다 단 2분이라도 먼저 탈출하려 한다면 은행가는 200만 루블을 지급할 의무에서 벗어나게 된다.

　수감 첫해에 변호사는 그가 보낸 짧은 쪽지들로 미루어 볼 때 고독과 지루함으로 끔찍하게 고통받았다. 별채에서는 밤낮으로 피아노 소리가 들려왔다. 그는 포도주와 담배를 거부했다. "포도주는 욕망을 자극하고, 욕망은 죄수의 가장 큰 적이다. 게다가 좋은 포도주를 혼자 마시는 것만큼 지루한 일도 없다."라고 그는 썼다. 또한 담배는 방 안의 공기를 망친다고 했다. 첫해에 변호사는 가벼운 성격의 책들을 요청했다. 복잡한 애정 관계가 얽힌 소설, 범죄물, 환상 소설, 희극 등이 그에게 전달되었다.

2년째 되는 해에는 피아노 소리가 더 이상 들리지 않았고, 변호사는 고전 문학만을 요청했다. 5년째 되는 해에는 다시 음악 소리가 들렸고 죄수는 포도주를 요구했다. 그를 감시하던 사람들의 말에 따르면, 그해 내내 그는 먹고 마시고 침대에 누워만 있었다고 한다. 그는 자주 하품을 했고 화난 듯 혼잣말을 중얼거렸다. 책은 읽지 않았다. 때때로 밤에 글을 쓰기도 했는데, 오랫동안 글을 쓰다가 아침이면 그것을 모두 찢어버리곤 했다. 그가 우는 소리가 들린 적도 한두 번이 아니었다.

6년째 하반기부터 죄수는 언어, 철학, 역사를 열정적으로 공부하기 시작했다. 그는 이 과목들에 너무나 굶주려 있어서 은행가는 그가 원하는 책들을 조달하기에 벅찰 정도였다. 4년 동안 그의 요청에 따라 약 600권의 책이 구입되었다. 그 열정이 절정에 달했을 때 은행가는 죄수로부터 다음과 같은 편지를 받았다. "나의 친애하는 간수여, 나는 지금 여섯 개의 언어로 이 글을 쓰고 있소. 이것을 전문가들에게 보여주어 읽게 해 주시오. 만약 그들이 단 하나의 오류도 찾지 못한다면, 정원에서 총을 한 발 쏘아달라고 명령해 주시오. 그 소리를 통해 나의 노력이 헛되지 않았음을 알게 될 것이오. 모든 시대와 국가의 천재들은 서로 다른 언어로 말하지만, 그들 모두의 안에는 똑같은 불꽃이 타오르고 있소. 그들을 이해할 수 있게 된 지금 나의 이 천상과도 같은 행복을 당신이 알 수만 있다면!" 죄수의 소원은 이루어졌다. 은행가의 명령에 따라 정원에서 두 발의 총성이 울렸다.

10년이 지난 후, 변호사는 탁자 앞에 부동자세로 앉아 신약성경만을 읽었다. 4년 만에 600권의 박식한 서적들을 섭렵한 사람이, 이해하기 쉽고 그리 두껍지도 않은 책 한 권을 읽는 데 거의 1년을 보낸다는 사실을 은행가는 기이하게 여겼다. 신약성경 다음에는 종교사와 신학 서적들이 뒤를 이었다.

수감 생활의 마지막 2년 동안 죄수는 닥치는 대로 엄청난 양의 책을 읽었다. 자연과학에 몰두하다가도 바이런이나 셰익스피어를 읽기도 했다. 그는 화학 서적, 의학 교과서, 소설, 그리고 철학이나 신학 논문을 동시에 보내달라는 쪽지를 보내곤 했다. 그는 마치 난파선 조각들이 떠다니는 바다에서 헤엄치며 살기 위해 이 조각 저 조각을 닥치는 대로 붙잡는 사람처럼 책을 읽어 치웠다.

2

은행가는 이 모든 일을 회상하며 생각했다.

"내일 낮 12시면 그는 자유를 얻는다. 합의에 따라 나는 그에게 200만 루블을 주어야 한다. 만약 내가 그 돈을 준다면 나는 끝장이다. 영원히 파산하고 말 거야…."

15년 전만 해도 그는 셀 수 없을 만큼 많은 돈을 가졌으나, 이제는 돈과 빚 중 어느 것이 더 많은지 자문하는 것조차 두려운 처지였다. 주식 거래에서의 도박, 위험한 투기, 그리고 노년이 되어서도 버리지 못한 무모함이 점차 그의 사업을 쇠퇴하게 만들었다. 두려움 없고 자신만만하며 오만했던 사업가는 시장의 작은 등락에도 벌벌 떠는 평범한 은행가로 전락해 있었다.

"그 저주받은 내기 같으니." 노인은 절망에 빠져 머리를 감싸 쥐고 중얼거렸다. "왜 그자는 죽지도 않는단 말인가? 그는 이제 겨우 마흔 살이야. 그는 나의 마지막 한 푼까지 가져가서 결혼하고, 인생을 즐기고, 주식 투자를 하겠지. 나는 질투심에 불타는 거지처럼 그를 바라보며 매일 그에게서 이런 말을 들어야 할 거야. '당신 덕분에 내 인생이 행복해졌습니다. 제가 좀 도와드릴까요?' 아니, 그건 도저히 못 참아! 파산과 치욕에서 벗어날 유일한 길은 그자가 죽는 것뿐이다."

시계가 막 새벽 3시를 알렸다. 은행가는 귀를 기울였다. 집안의 모든 사람은 잠들었고, 창밖에서 얼어붙은 나무들이 윙윙거리는 소리만 들려왔다. 그는 소리를 내지 않으려 애쓰며 15년 동안 한 번도 열지 않았던 문의 열쇠를 금고에서 꺼냈다. 외투를 걸치고 집 밖으로 나갔다. 정원은 어둡고 차가웠다. 비가 내리고 있었다. 축축하고 날카로운 바람이 정원에서 울부짖으며 나무들을 괴롭혔다. 은행가는 눈을 가늘게 뜨고 살폈지만 땅도, 하얀 조각상들도, 별채도, 나무들도 보이지 않았다. 별채에 다다라 그는 파수꾼을 두 번 불렀다. 대답이 없었다. 파수꾼은 악천후를 피해 부엌이나 온실 어딘가에서 잠든 것이 분명했다.

"내가 계획한 일을 실행할 용기만 있다면, 의심은 무엇보다 먼저 파수꾼에게 쏠릴 것이다." 노인은 생각했다.

그는 어둠 속에서 계단과 문을 더듬어 찾아 별채 현관으로 들어갔다. 좁은 복도를 지나 성냥을 켰다. 그곳엔 아무도 없었다. 침구도 없는 침대 하나가 놓여 있었고, 구석에는 무쇠 난로가 어둡게 보였다. 죄수의 방으로 이어지는 문의 봉인은 훼손되지 않은 상태였다.

성냥불이 꺼지자 노인은 흥분으로 몸을 떨며 작은 창문

안을 들여다보았다.

죄수의 방에는 촛불 하나가 희미하게 타오르고 있었다. 죄수는 탁자 앞에 앉아 있었다. 그의 등과 머리카락, 그리고 손만이 보였다. 펼쳐진 책들이 탁자와 의자 두 개, 그리고 탁자 근처 카펫 위에 흩어져 있었다.

5분이 지났지만 죄수는 단 한 번도 움직이지 않았다. 15년의 감금 생활은 그에게 부동자세로 앉아 있는 법을 가르쳐 주었다. 은행가가 손가락으로 창문을 톡톡 두드렸지만 죄수는 아무런 반응이 없었다. 그러자 은행가는 조심스럽게 문의 봉인을 뜯고 열쇠 구멍에 열쇠를 넣었다. 녹슨 자물쇠가 쉰 소리를 내며 돌아갔고 문이 삐걱거렸다. 은행가는 즉시 놀란 비명과 발소리가 들릴 것이라 예상했다. 3분이 지났지만 안은 이전처럼 고요했다. 그는 안으로 들어가기로 결심했다.

탁자 앞에는 평범한 인간 같지 않은 한 남자가 앉아 있었다. 그것은 뼈만 남은 해골에 가죽을 씌워 놓은 듯한 형상이었으며, 여자처럼 긴 곱슬머리와 덥수룩한 수염을 하고 있었다. 얼굴색은 흙빛이 도는 노란색이었고, 뺨은 움푹 패었으며, 등은 길고 좁았다. 털이 숭숭 난 머리를 괴고 있는 손은 너무나 야위고 앙상해서 보기조차 고통스러울 정도였다. 그의 머리카락은 이미 은빛으로 세어 있었고, 노인처럼 쇠약해진 얼굴을 본 사람이라면 누구도 그가 겨우 마흔 살이라는 사실을 믿지 못했을 것이다. 숙인 머리 앞 탁자 위에는 아주 작은 글씨로 무언가 적힌 종이 한 장이 놓여 있었다.

"불쌍한 놈." 은행가는 생각했다. "잠이 들어서 꿈속에서 수백만 루블을 보고 있겠지. 내가 이 반쯤 죽은 고깃덩어리를 침대에 던져 넣고 잠시 베개로 눌러버리기만 하면, 아무리 정밀한 검사를 해도 부자연스러운 죽음의 흔적은 찾지 못할 거야. 하지만 먼저 그가 여기에 무엇을 썼는지 읽어보자."

은행가는 탁자에서 종이를 집어 들어 읽어 내려갔다.

"내일 밤 12시, 나는 자유를 얻고 사람들과 어울릴 권리를 갖게 될 것이오. 하지만 이 방을 떠나 태양을 보기 전에 당신에게 몇 마디 할 필요가 있다고 생각하오. 나의 맑은 양심과 나를 지켜보시는 하느님 앞에서 선언하건대, 나는 자유, 생명, 건강, 그리고 당신들의 책이 세상의 복이라고 부르는 그 모든 것을 경멸하오.

15년 동안 나는 지상의 삶을 부지런히 공부했소. 비록 대지도 사람도 보지 못했으나, 당신들의 책 속에서 나는 향기로운 포도주를 마셨고, 노래를 불렀고, 숲에서 사슴과 멧돼지를 사냥했고, 여인들을 사랑했소... 당신들의 시인들이 마법 같은 천재성으로 창조해 낸 에테르처럼 아름다운 여인들이 밤마다 나를 찾아와 감미로운 이야기를 속삭여 나를 취하게 했소. 당신들의 책 속에서 나는 엘브루스와 몽블랑의 정상에 올랐고, 그곳에서 아침에 태양이 떠오르는 것과 저녁에 하늘과 바다와 산맥이 자줏빛 금색으로 물드는 것을 보았소. 그곳에서 내 위로 구름을 가르며 번개가 번쩍이는 것을 보았고, 푸른 숲과 들판, 강, 호수, 도시를 보았소. 사이렌의 노랫소리와 판의 피리 소리를 들었으며, 신에 대해 이야기하러 날아온 아름다운 악마들의 날개를 만졌소... 당신들의 책 속에서 나는 바닥없는 심연으로 몸을 던졌고, 기적을 행했으며, 도시들을 불태웠고, 새로운 종교를 전파했으며, 나라 전체를 정복했소...

당신들의 책은 나에게 지혜를 주었소. 수 세기 동안 지치지 않는 인간의 사유가 만들어낸 모든 것이 내 두개골 안의 작은 덩어리로 압축되었소. 나는 내가 당신들 모두보다 더 현명하다는 것을 알고 있소.

그리고 나는 당신들의 책을 경멸하며, 세상의 모든 복과 지혜를 경멸하오. 모든 것은 공허하고, 덧없으며, 환상이고 신기루처럼 기만적이오. 당신들이 아무리 오만하고 현명하고 아름다울지라도, 죽음은 땅속의 쥐를 쓸어버리듯 당신들을 지상에서 지워버릴 것이오. 당신들의 후손과 역사, 그리고 천재들의 불멸성은 지구가 타버릴 때 함께 얼어붙은 찌꺼

기가 될 것이오.

당신들은 미쳤고, 잘못된 길을 가고 있소. 당신들은 거짓을 진실로, 추함을 아름다움으로 착각하고 있소. 만약 사과나무와 오렌지나무에서 열매 대신 개구리와 도마뱀이 열리고, 장미꽃에서 땀 흘리는 말의 냄새가 나기 시작한다면 당신들은 경악할 것이오. 하늘을 땅과 맞바꾼 당신들을 보며 나 또한 경악하고 있소. 나는 당신들을 이해하고 싶지 않소.

당신들이 살아가는 방식에 대한 나의 경멸을 행동으로 보여주기 위해, 한때 낙원처럼 꿈꾸었으나 이제는 경멸해 마지않는 200만 루블을 포기하겠소. 그 돈에 대한 권리를 스스로 박탈하기 위해, 나는 약속된 시간보다 5분 일찍 여기서 나갈 것이며, 이로써 합의를 위반할 것이오."

글을 다 읽은 은행가는 종이를 탁자 위에 내려놓고, 기이한 남자의 머리에 입을 맞춘 뒤 울기 시작했다. 그는 별채를 나왔다. 주식 시장에서 끔찍한 손실을 보았을 때를 포함해 그 어느 때보다도 자기 자신에 대한 깊은 경멸을 느꼈다. 집으로 돌아와 침대에 누웠으나, 흥분과 눈물 때문에 오랫동안 잠들지 못했다….

다음 날 아침, 가엾은 파수꾼이 달려와 별채에 살던 남자가 창문을 통해 정원으로 나가는 것을 보았다고 보고했다. 그는 정문으로 나가 사라졌다는 것이다. 은행가는 즉시 하인들과 함께 별채로 가서 죄수가 탈출했음을 확인했다. 불필요한 소문을 막기 위해 그는 탁자 위에 놓인 포기 각서를 챙겨 돌아와 금고에 넣고 잠갔다.

필사원 바틀비
허먼 멜빌

월가의 이야기

　나는 꽤 나이 지긋한 사람이다. 지난 30년 동안 내가 해 온 일의 성격상, 나는 흥미롭고도 다소 특이한 부류의 사람들과 보통 이상의 접촉을 갖게 되었다. 하지만 내가 아는 한 그들에 대해 쓰인 글은 아직 아무것도 없다. 내가 말하는 이들이란 바로 법률 필사원들이다. 나는 업무적으로나 사적으로 그들을 아주 많이 알고 지냈으며, 마음만 먹는다면 선량한 신사들은 미소 짓고 감상적인 영혼들은 눈물 흘릴 법한 다양한 이야기를 들려줄 수도 있다. 그러나 나는 다른 모든 필사원의 전기는 제쳐두고, 내가 보거나 들은 이들 중 가장 기이한 필사원이었던 바틀비의 생애 중 몇 대목만을 이야기하고자 한다. 다른 필사원들에 대해서는 그들의 생애 전체를 쓸 수도 있겠지만, 바틀비에 대해서는 그럴 수가 없다. 이 사람에 대한 완전하고 만족스러운 전기를 쓸 만한 자료가 존재하지 않는다고 나는 믿는다. 이는 문학계의 돌이킬 수 없는 손실이다. 바틀비는 본인의 모습 외에는 그 무엇도 확인할 수 없는 존재 중 하나였으며, 그나마 그에 관한 자료도 아주 적다. 내가 놀란 눈으로 직접 본 바틀비의 모습, 그것이 내가 그에 대해 아는 전부다. 물론 나중에 언급할 막연한 소문 하나를 제외한다면 말이다.

필사원이 내 앞에 처음 나타났을 때의 모습을 소개하기 전에, 나 자신과 나의 직원들, 나의 업무, 나의 사무실, 그리고 전반적인 환경에 대해 언급하는 것이 적절할 것 같다. 곧 소개할 주인공을 제대로 이해하기 위해서는 그러한 설명이 필수적이기 때문이다.

우선, 나는 젊은 시절부터 가장 편안한 삶의 방식이 최선이라는 깊은 신념에 가득 찬 사람이다. 따라서 나는 격렬하고 신경질적이며 때로는 소란스럽기까지 하다고 정평이 난 직업에 종사하고 있음에도 불구하고, 그런 것들이 나의 평온을 침해하도록 내버려 둔 적이 없다. 나는 배심원 앞에서 연설하거나 대중의 박수를 갈구하지 않는, 야심 없는 변호사 중 한 명이다. 그저 아늑한 은신처의 냉철한 평온 속에서 부자들의 채권, 저당권, 부동산 권리증 사이에서 짭짤한 사업을 꾸려갈 뿐이다. 나를 아는 모든 이는 나를 지극히 안전한 사람으로 여긴다. 시적인 열정과는 거리가 멀었던 고(故) 존 제이컵 애스터 씨도 나의 첫 번째 장점은 신중함이고, 그다음은 체계성이라고 단언하기를 주저하지 않았다. 자만심으로 하는 말이 아니라 단순히 사실을 기록하자면, 나는 고 존 제이컵 애스터 씨의 업무를 맡기도 했다. 인정하건대 나는 그 이름을 반복해서 부르기를 좋아하는데, 그 이름은 둥글고 원만한 소리를 내며 금괴처럼 울려 퍼지기 때문이다. 덧붙여 말하자면, 나는 고 존 제이컵 애스터 씨의 좋은 평가에 무관심하지 않았다.

이 작은 이야기가 시작되기 얼마 전, 나의 업무량은 크게 늘어났다. 지금은 뉴욕주에서 사라진 '대법관 보좌관'이라는 고색창연하고 좋은 직함이 내게 주어졌던 것이다. 그리 힘든 일은 아니었지만 보수는 아주 만족스러웠다. 나는 좀처럼 화를 내지 않으며, 부당함이나 횡포에 위험한 분노를 터뜨리는 일은 더더욱 드물다. 하지만 여기서만큼은 내가 경솔하게 선언하는 것을 허락해주길 바란다. 나는 새 헌법에 의해 대법관 보좌관직이 갑작스럽고 폭력적으로 폐지된 것을 '성급한 조치'라고 생각한다. 나는 그 수익을 평생 누릴 것으로 기대했으나, 실제로는 단 몇 년밖에 받지 못했기 때문이다. 하지만 이건 지나가는 이야기일 뿐이다.

나의 사무실은 월가 00번지 건물의 위층에 있었다. 사무실 한쪽 끝은 건물 꼭대기부터 바닥까지 뚫린 넓은 채광창 통로의 하얀 벽을 마주하고 있었다. 이 전망은 풍경화가들이 말하는 '생동감'이 부족하여 다소 단조롭다고 여겨질 수도 있었다. 하지만 그렇다 해도 사무실 반대쪽 끝의 전망은 최소한 대조를 이루기는 했다. 그쪽 창문으로는 세월과 영원한 그늘로 검게 변한 높은 벽돌 담벼락이 가로막는 것 없이 보였다. 그 담벼락은 숨겨진 아름다움을 찾아내기 위해 망원경이 필요하지 않았으며, 근시안적인 관찰자들을 배려하기라도 하듯 내 창문 유리창에서 10피트 이내로 바짝 다가와 있었다. 주변 건물들이 워낙 높고 내 사무실은 2층이었기에, 이 벽과 내 벽 사이의 간격은 거대한 사각형 저수지와 적잖이 닮아 있었다.

바틀비가 오기 직전, 내 밑에는 두 명의 필사원과 심부름꾼으로 일하는 유망한 소년 한 명이 있었다. 첫째는 터키, 둘째는 니퍼스, 셋째는 진저 너트였다. 이 이름들은 인명부에서 흔히 볼 수 있는 이름이 아닐 것이다. 사실 이 이름들은 내 세 명의 직원이 서로에게 붙여준 별명으로, 각자의 개성이나 성격을 잘 나타낸다고 여겨졌다. 터키는 나 정도 나이, 즉 예순에 가까운 키가 작고 뚱뚱한 영국인이었다. 아침에는 그의 얼굴이 화사한 선홍색이라고 할 수 있었지만, 정오인 12시—그의 점심시간—가 지나면 크리스마스용 석탄이 가득 찬 화로처럼 타올랐다. 그리고 그 불길은 오후 6시경까지 서서히 사그라지며 계속 타올랐다. 그 시간 이후로 나는 그 얼굴의 주인을 더 이상 볼 수 없었는데, 태양과 함께 중천에 뜬 그의 얼굴은 태양과 함께 지는 듯 보였고, 다음 날에도 똑같은 규칙성과 줄어들지 않는 영광으로 떠올랐다가 절정에 이르고 다시 기울었다. 내 인생에서 겪은 기이한 우연이 많지만, 그중에서도 터키의 붉고 빛나는 안색이 가장 찬란하게 빛을 발하는 바로 그 결정적인 순간에, 나머지 24시간 동안 그의 업무 능력이 심각하게 방해받는 일과가 시작된다는 사실은 결코 사소하지 않았다. 그가 그때 완전히 게으름을 피우거나 업무를 싫어한다는 뜻은 아니었다. 전혀 그렇지 않았다. 문제는 그가 지나치게 정력적이 된다는 점이었다. 그에게서는 기이하고, 달아오르고, 허둥대며, 들뜬 무모한 활동성이 뿜어져 나왔다. 그는 잉크병에 펜을 담글 때도 부주의했다. 내 서류에 묻은 모든 잉크 얼룩은 정오 12시 이후에 만들어진 것이었다. 사실 그는 오후에 무모해지고 얼룩을 만드는 데 그치지 않고, 어떤 날은 더 나아가 꽤 소란스러워지기도 했다. 그럴 때면 그의 얼굴은 마치 무연탄 위에 역청탄을 쌓아 올린 듯 더욱 이글거리는 광채로 불타올랐다. 그는 의자를 덜컹거리며 불쾌한 소음을 냈고, 모래 상자를 엎질렀으며, 펜을 다듬을 때는 초조함에 펜을 산산조각 내어 홧김에 바닥에 던져버렸다. 또한 자리에서 일어나 테이블 너머로 몸을 굽히고 서류들을 아주 무례하게 휘저어 놓았는데, 그와 같은 노신사가 그러는 모습은 보기에 참으로 안타까웠다. 그럼에도 불구하고 그는 여러모로 내게 아주 소중한 사람이었고, 정오 12시 이전까지는 누구보다 빠르고 성실하며 필적을 따라올 자가 없을 만큼 많은 일을 해 냈기에, 나는 그의 기벽을 기꺼이 눈감아주려 했다. 물론 가끔 훈계하기도 했다. 하지만 나는 아주 부드럽게 타일렀다. 그는 아침에는 세상에서 가장 예의 바르고 정중하며 공손한 사람이었지만, 오후에는 자극을 받으면 혀를 놀리는 데 다소 경솔해지고 사실상 무례해지는 경향이 있었기 때문이다. 나는 그의 오전 업무를 높이 평가했고 그를 잃고 싶지 않았지만, 동시에 12시 이후의 그 과열된 모습이 불편했다. 평화주의자인 나는 나의 훈계가 그로부터 보기 흉한 말대꾸를 끌어내는 것을 원치 않았다. 그래서 어느 토요일 정오(그는 토요일에 항상 더 심했다), 나는 그에게 아주 친절하게 암시를 주었다. 이제 나이도 들었으니 업무량을 줄이는 게 좋겠다고, 요컨대 12시 이후에는 사무실에 나오지 말고 점심을 먹은 뒤 숙소로 돌아가 차 마실 시간까지 쉬는 게 어떻겠냐고 말이다. 그러나 그는 거절했다. 그는 오후의 헌신을 고집했다. 그의 얼굴은 참을 수 없을 정도로 달아올랐고, 그는 방 저편에서 긴 자를 휘두르며 웅변조로 내게 확언했다. 오전의 업무가 유용하다면 오후의 업무는 얼마나 필수적이겠느냐고 말이다.

"외람된 말씀입니다만, 소장님." 터키가 이때 말했다. "저는 소장님의 오른팔이라고 생각합니다. 오전에는 그저 대열을 정비하고 배치할 뿐이지만, 오후에는 제가 그 선두에

서서 적진을 향해 용맹하게 돌격합니다, 이렇게요!" 그리고 그는 자로 허공을 세차게 찔렀다.

"하지만 그 얼룩들은 어쩌고, 터키." 내가 넌지시 말했다.

"그건 그렇습니다만, 외람되게도 소장님, 이 머리카락을 보십시오! 저도 늙어가고 있습니다. 소장님, 따뜻한 오후에 얼룩 한두 개를 가지고 백발 노인에게 너무 가혹하게 굴지는 않으시겠지요. 노년은—비록 페이지에 얼룩을 남길지라도—명예로운 것입니다. 외람된 말씀입니다만, 소장님과 저 우리 둘 다 늙어가고 있지 않습니까."

나의 동병상련에 호소하는 이 말은 거절하기가 어려웠다. 어쨌든 그가 떠나지 않을 것임을 나는 알았다. 그래서 나는 그를 머물게 하되, 오후에는 덜 중요한 서류들만 맡기기로 마음먹었다.

내 명단에서 두 번째인 니퍼스는 턱수염을 기르고 안색이 황색이며, 전체적으로 다소 해적 같은 인상을 풍기는 스물다섯 살 정도의 청년이었다. 나는 항상 그가 야망과 소화불량이라는 두 가지 악마의 희생자라고 생각했다. 야망은 단순한 필사원의 업무에 대한 조바심과, 법률 서류의 초안 작성과 같은 엄격한 전문 업무를 부당하게 침범하려는 태도에서 드러났다. 소화불량은 가끔 나타나는 신경질적인 짜증과 입술을 실룩거리는 과민함으로 나타났는데, 필사 중에 실수를 하면 이가 갈리는 소리가 들릴 정도였다. 업무가 과열되면 말이라기보다 쉿쉿거리는 소리에 가까운 불필요한 욕설을 내뱉었고, 특히 자신이 일하는 테이블 높이에 대해 끊임없이 불만을 토로했다. 기계적인 면에서 아주 영리한 재주가 있었음에도 니퍼스는 이 테이블을 자신에게 맞출 수가 없었다. 테이블 밑에 나무 조각을 괴어보기도 하고, 다양한 종류의 받침대와 판지 조각을 끼워보기도 하다가, 나중에는 접은 흡수지 조각들로 정교하게 조정하려 들기까지 했다. 하지만 어떤 발명도 소용이 없었다. 등을 편하게 하려고 테이블 상판을 턱밑까지 가파른 각도로 올리고 네덜란드식 집의 뾰족한 지붕을 책상 삼아 글을 쓰는 사람처럼 앉아 있으면, 그는 팔의 혈액 순환이 안 된다고 불평했다. 다시 테이블을 허리춤까지 낮추고 몸을 굽혀 글을 쓰면, 이번에는 허리가 쑤신다고 했다. 요컨대 문제의 핵심은 니퍼스 자신도 자기가 무엇을 원하는지 모른다는 것이었다. 아니, 만약 그가 원하는 게 있다면 그것은 필사원의 테이블에서 완전히 벗어나는 것이었다. 그의 병적인 야망이 나타나는 모습 중 하나는, 그가 자신의 '의뢰인'이라고 부르는 초라한 코트를 입은 모호한 인물들의 방문을 받는 것을 즐긴다는 점이었다. 사실 나는 그가 때때로 구역 정치인 노릇을 꽤 한다는 것을 알고 있었고, 가끔 치안 판사 법소에서 소소한 업무를 보기도 하며, '더 툼스' 교도소 계단에서도 낯선 얼굴이 아니라는 사실을 알고 있었다. 하지만 내 사무실로 그를 찾아와 그가 거드름을 피우며 자신의 의뢰인이라고 주장했던 인물 중 하나는 빚쟁이에 불과했고, 그가 말한 권리증은 청구서였다는 사실을 믿을 만한 충분한 근거가 내게 있었다. 그러나 이런 결점들과 나를 성가시게 하는 점들에도 불구하고, 니퍼스는 그의 동료 터키와 마찬가지로 내게 매우 유용한 사람이었다. 그는 깔끔하고 빠른 필체를 가졌고, 마음만 먹으면 신사적인 태도를 갖추는 데 부족함이 없었다. 게다가 그는 항상 신사답게 옷을 입었기에 부수적으로 내 사무실의 품위를 높여주었다. 반면에 터키에 대해서는 그가 내게 수치가 되지 않게 하려고 애를 먹어야 했다. 그의 옷은 기름기가 번들거리고 식당 냄새가 나기 일쑤였다. 여름에는 바지를 아주 헐렁하고 벙벙하게 입었다. 그의 코트는 형편없었고 모자는 손대기도 싫을 정도였다. 하지만 모자는 내게 별 상관이 없었다. 고용된 영국인 특유의 타고난 예의와 공손함 덕분에 그는 방에 들어오는 순간 모자를 벗었기 때문이다. 하지만 코트는 다른 문제였다. 그의 코트에 대해 타일러 보기도 했지만 아무 소용이 없었다. 사실 그렇게 적은 수입으로 번들거리는 얼굴과 번들거리는 코트를 동시에 유지할 수는 없었을 것이다. 니퍼스가 언젠가 관찰했듯이, 터키의 돈은 주로 '붉은 잉크'(술)를 사는 데 들어갔다. 어느 겨울날, 나는 터키에게 내 옷 중 아주 품위 있어 보이는 옷을 하나 선물했다. 아주 따뜻하고 무릎부터 목까지 단추를 채울 수 있는 회색 패딩 코트였다. 나는 터키가 이 호의에 감사하며 오후의 경솔함과 소란스러움을 줄여줄 것이라 생각했다. 하지만 아니었다. 그렇게 푹신하고 담요 같은 코트에 단추를 채우는 것이 그에게 해로운 영향을 미쳤다고 나는 진심으로 믿는다. 말에게 귀리를 너무 많이 주는 것이 좋지 않다는 원리와 같았다. 사실 경솔하고 다루기 힘든 말이 귀리 맛을 알면 날뛰듯이, 터키는 코트 맛을 알게 된 것이다. 그것은 그를 무례하게 만들었다. 그는 번영이 해가 되는 사람이었다.

터키의 방종한 습관에 대해서는 나름의 짐작이 있었지만, 니퍼스에 대해서는 다른 결점은 몰라도 최소한 절제할 줄 아는 청년이라고 확신했다. 하지만 사실 자연 자체가 그에게는 직접 술을 빚어준 셈이었다. 태어날 때부터 그에게 짜증스럽고 브랜디 같은 기질을 너무나 철저히 부여했기에, 그 이후의 어떤 술도 필요하지 않았던 것이다. 내 사무실의 정적 속에서 니퍼스가 가끔 초조하게 자리에서 일어나 테이블 너머로 몸을 굽히고, 양팔을 벌려 책상 전체를 움켜쥐고는 바닥에서 삐걱거리며 거칠게 밀고 당기는 모습을 볼 때면—마치 테이블이 자신을 방해하고 괴롭히려는 고집 센 자의적인 존재라도 되는 양—나는 니퍼스에게 브랜디와 물은 전혀 불필요하다는 것을 분명히 깨닫게 된다.

나에게 다행이었던 점은, 소화불량이라는 특수한 원인 덕분에 니퍼스의 짜증과 그로 인한 신경질은 주로 아침에 나타났고 오후에는 비교적 온순했다는 것이다. 터키의 발작은 정오 12시경에만 시작되었으므로, 나는 두 사람의 기벽을 동시에 상대할 필요가 없었다. 그들의 발작은 마치 보초병처럼 교대로 나타났다. 니퍼스가 시작하면 터키가 끝났고, 그 반대도 마찬가지였다. 이는 당시 상황에서 아주 훌륭하고 자연스러운 배치였다.

내 명단에서 세 번째인 진저 너트는 열두 살 정도 된 소년이었다. 그의 아버지는 마차꾼이었는데, 죽기 전에 아들이 마차 대신 법관석에 앉는 것을 보고 싶어 하는 야심이 있었다. 그래서 아들을 주당 1달러의 보수로 법률 견습생 겸 심부름꾼, 그리고 청소부로 내 사무실에 보냈다. 소년에게도 작은 책상이 하나 있었지만 잘 사용하지 않았다. 서랍을 조사해보니 온갖 종류의 견과류 껍질이 가득했다. 사실 이 영리한 소년에게 고귀한 법학이라는 학문 전체는 '견과류 껍질'(요약된 지) 속에 담겨 있었다. 진저 너트의 업무 중 가장 빈번하고 가장 기운차게 수행한 일은 터키와 니퍼스에게 케이크와 사과를 조달하는 것이었다. 법률 서류 필사라는 것이 워낙 건조하고 딱딱한 일이라, 내 두 필사원은 커스텀 하우스와 우체국 근처의 수많은 가판대에서 파는 스피첸버그 사과로 입안을 축이는 것을 좋아했다. 또한 그들은 진저 너트를 시켜 그 특유의 케이크—작고 납작하고 둥글며 아주 매콤한—를 자주 사 오게 했는데, 그들은 그 케이크의 이름을 따서 소년의 별명을 지어주었다. 업무가 한가한 추운 아침이면 터키는 이 케이크를 수십 개씩 마치 웨이퍼처럼 먹어 치웠다. 사실 그것들은 1페니에 6개나 8개씩 팔렸다. 그의 펜이 긁히는 소리는 입안에서 바삭한 조각들이 씹히는 소리와 섞였다. 터키가 오후에 저지른 그 수많은 열정적인 실수와 허둥대는 경솔함 중 하나는, 입술 사이에 물고 있던 진저 케이크를 저당권 서류 위에 인장 대신 꾹 눌러버린 일이었다. 나는 그때 그를 해고하기 직전까지 갔다. 하지만 그는 동양식으로 절을 하며 이렇게 말해 내 마음을 누그러뜨렸다. "외람된 말씀입니다만, 제 사비로 소장님께 문구류를 마련해 드린 저의 관대한 처사를 잊지 말아 주십시오."

이제 나의 본래 업무—부동산 양도 전문 변호사이자 권리 조사원, 그리고 온갖 난해한 서류의 작성자—는 대법관 보좌관직을 맡으면서 상당히 늘어났다. 필사원들에게 엄청난 일거리가 생겼다. 기존 직원들을 독려하는 것만으로는 부족했고 추가 인력이 필요했다. 내 광고를 보고 어느 날 아침, 한 젊은이가 사무실 문턱에 서 있었다. 여름이라 문은 열려 있었다. 나는 지금도 그 형체가 생각난다. 창백할 정도로 깔끔하고, 가련할 정도로 점잖으며, 구제 불능일 정도로 쓸쓸해 보였다! 그것은 바틀비였다.

그의 자격에 대해 몇 마디 나눈 뒤 나는 그를 고용했다. 필사원들 사이에 그렇게 기이할 정도로 차분한 인상을 가진 사람이 있으면 터키의 들뜬 기질과 니퍼스의 불같은 성격에 유익한 영향을 줄 수 있을 것이라 생각했기에 기뻤다.

미처 언급하지 못했는데, 불투명 유리로 된 미닫이문이 내 사무실을 두 부분으로 나누고 있었다. 한쪽은 필사원들이 쓰고 다른 한쪽은 내가 썼다. 내 기분에 따라 나는 이 문을 활짝 열어두기도 하고 닫아두기도 했다. 나는 바틀비를 미닫이문 옆 구석에 배치하기로 했다. 하지만 내 쪽 구역에 두어, 사소한 일이 생겼을 때 이 조용한 사람을 쉽게 부를 수 있게 했다. 나는 그의 책상을 그쪽 구역의 작은 측면 창문 바로 옆에 놓았다. 그 창문은 원래 지저분한 뒷마당과 벽돌 벽을 옆으로 보여주었으나, 나중에 건물이 들어서는 바람에 지금은 전망은 전혀 없고 빛만 조금 들어왔다. 유리창에서 3피트 거리에 벽이 있었고, 빛은 돔의 아주 작은 구멍에서 들어오듯 두 높은 건물 사이 저 멀리 위쪽에서 내려왔다. 더 만족스러운 배치를 위해 나는 높은 초록색 접이식 병풍을 구했다. 그것은 바틀비를 내 시야에서 완전히 격리하면서도 내 목소리는 들을 수 있게 해주었다. 그리하여 어떤 면에서는 사생활과 공동생활이 결합된 셈이었다.

처음에 바틀비는 엄청난 양의 글을 썼다. 마치 필사할 거리에 오랫동안 굶주린 사람처럼 그는 내 서류들을 게걸스럽게 먹어 치우는 듯했다. 소화할 틈도 없었다. 그는 낮에는 햇빛 아래서, 밤에는 촛불 아래서 밤낮없이 필사했다. 그가 즐겁게 근면했다면 나는 그의 열의에 아주 기뻐했을 것이다. 하지만 그는 묵묵히, 창백하게, 기계적으로 써 내려갔다.

필사원의 업무에서 단어 하나하나를 대조하여 사본의 정확성을 확인하는 것은 필수적인 과정이다. 한 사무실에 두 명 이상의 필사원이 있으면 그들은 이 검토 작업을 서로 돕는다. 한 명은 사본을 읽고 다른 한 명은 원본을 대조한다. 이는 매우 지루하고 피곤하며 졸음이 오는 일이다. 나는 낙천적인 성격의 사람들에게는 이것이 도저히 참을 수 없는 일일 것이라고 쉽게 상상할 수 있다. 예를 들어, 기개 높은 시인 바이런이 바틀비와 나란히 앉아 꼬불꼬불한 필체로 빽빽하게 쓰인 500페이지짜리 법률 서류를 검토하는 모습은 상상조차 할 수 없다.

가끔 업무가 급할 때면 나는 터키나 니퍼스를 불러 짧은 서류를 직접 대조하곤 했다. 바틀비를 병풍 뒤 내 가까운 곳에 둔 목적 중 하나는 그런 사소한 경우에 그의 도움을 받기 위해서였다. 그가 온 지 사흘째 되던 날이었을 것이다. 그가 쓴 글을 검토할 필요가 생기기도 전이었다. 내가 맡은 작은 일을 서둘러 끝내야 했던 나는 갑자기 바틀비를 불렀다. 서두르던 나는 그가 즉각 응할 것이라는 당연한 기대 속에, 고개를 숙여 책상 위의 원본을 보고 있었고, 오른손은 옆으로 뻗어 사본을 든 채 다소 초조하게 내밀고 있었다. 바틀비가 자리에서 나오자마자 그것을 낚아채 지체 없이 일을 시작할 수 있게 말이다.

나는 그 자세로 앉아 그를 부르며 그가 해야 할 일—즉 나와 함께 짧은 서류를 검토하는 일—을 빠르게 말했다. 바틀비가 자기 자리에서 움직이지도 않은 채, 기이할 정도로 부드럽고 단호한 목소리로 대답했을 때 나의 놀라움, 아니 경악을 상상해 보라.

"안 하는 편을 택하겠습니다."

나는 멍해진 정신을 가다듬으며 한동안 완벽한 침묵 속에 앉아 있었다. 즉시 내 귀가 잘못되었거나 바틀비가 내 말을 완전히 오해했다는 생각이 들었다. 나는 내가 낼 수 있는 가장 명확한 어조로 요청을 반복했다. 하지만 그만큼이나 명확한 어조로 이전의 대답이 돌아왔다.

"안 하는 편을 택하겠습니다."

"안 하는 편을 택하겠다고?" 나는 몹시 흥분하여 자리에서 일어나 방을 가로질러 성큼성큼 걸어가며 되물었다. "그게 무슨 소린가? 자네 미쳤나? 여기 이 서류 대조하는 걸 도와달란 말이네—자, 받게." 그리고 나는 서류를 그에게 들이밀었다.

"안 하는 편을 택하겠습니다." 그가 말했다.

나는 그를 뚫어지게 바라보았다. 그의 얼굴은 수척하면서도 평온했고, 회색 눈은 희미하게 침착했다. 동요의 주름 하나 그를 흔들지 못했다. 그의 태도에 조금이라도 불안이나 분노, 조바심이나 무례함이 있었다면, 다시 말해 그에게 평범한 인간다운 면이 조금이라도 있었다면, 나는 의심할 여지 없이 그를 당장 사무실에서 쫓아냈을 것이다. 하지만 그 상황에서 그를 내쫓는 것은 내 사무실에 있는 하얀 석고로 만든 키케로 흉상을 문밖으로 내던지는 것과 다를 바 없게 느껴졌다. 나는 그가 자기 일을 계속하는 모습을 한참 동안 응시하다가 다시 내 책상에 앉았다. '참 이상한 일이군' 하고 나는 생각했다. '어떻게 하는 게 최선일까?' 하지만 업무가 급했다. 나는 일단 이 일을 잊기로 하고 나중에 한가할 때 생각하기로 결론지었다. 그래서 옆방에서 니퍼스를 불러 서류 검토를 신속히 마쳤다.

며칠 후, 바틀비는 내가 대법관 보좌관으로서 일주일 동안 진행한 증언록의 사본 네 통을 완성했다. 그것들을 검토해야 했다. 중요한 소송이었고 정확성이 필수적이었다. 모든 준비를 마친 나는 옆방에서 터키, 니퍼스, 진저 너트를 불렀다. 네 명의 직원에게 사본 한 통씩을 맡기고 내가 원본을 읽을 생각이었다. 터키, 니퍼스, 진저 너트가 각자 서류를 들고 나란히 자리에 앉았을 때, 나는 바틀비에게 이 흥미로운 그룹에 합류하라고 불렀다.

"바틀비! 빨리 오게, 기다리고 있네."

카펫이 깔리지 않은 바닥에서 그의 의자 다리가 천천히 긁히는 소리가 들렸고, 곧 그가 은신처 입구에 나타났다.

"무슨 일이십니까?" 그가 부드럽게 말했다.

"사본 말이네, 사본." 내가 서둘러 말했다. "검토를 하려는 참이네. 여기—" 그리고 나는 네 번째 사본을 그에게 내밀었다.

"안 하는 편을 택하겠습니다." 그는 말하고는 병풍 뒤로 조용히 사라졌다.

잠시 동안 나는 자리에 앉아 있는 직원들 대열의 선두에 서서 소금 기둥이 된 듯 굳어버렸다. 정신을 차린 나는 병풍 쪽으로 다가가 그런 기이한 행동의 이유를 따져 물었다.

"왜 거절하는 건가?"

"안 하는 편을 택하겠습니다."

다른 사람이었다면 나는 당장 불같이 화를 내며 더 이상 말도 섞지 않고 그를 수치스럽게 쫓아냈을 것이다. 하지만 바틀비에게는 나를 묘하게 무장 해제시킬 뿐만 아니라, 놀라운 방식으로 내 마음을 움직이고 당혹스럽게 만드는 무언가가 있었다. 나는 그를 설득하기 시작했다.

"이건 자네가 직접 쓴 사본을 검토하려는 것이네. 한 번의 검토로 자네의 서류 네 통을 다 확인할 수 있으니 자네에게도 일손을 더는 일이지. 이건 관례적인 일일세. 모든 필사원은 자신이 쓴 사본을 검토할 의무가 있네. 그렇지 않은가? 말 좀 해보게. 대답해 봐!"

"안 하는 편을 택하겠습니다." 그는 피리 소리 같은 어조로 대답했다. 내가 그에게 말하는 동안 그는 나의 모든 진술을 신중하게 검토하고 의미를 완전히 파악했으며, 거부할 수 없는 결론에 반박할 수 없음을 알면서도, 동시에 어떤 더 중요한 고려 사항이 그로 하여금 그렇게 대답하게 만드는 것 같았다.

"그렇다면 자네는 나의 요청—관례와 상식에 따른 요청—에 따르지 않기로 결심한 것인가?"

그는 그 점에 있어서 나의 판단이 옳다는 것을 짧게 암시했다. 그렇다. 그의 결정은 되돌릴 수 없었다.

사람이 전례 없고 지독하게 비이성적인 방식으로 위협

을 당하면, 자신의 가장 명백한 신념조차 흔들리기 시작하는 경우가 종종 있다. 말하자면, 기이하게도 모든 정의와 이성이 상대방에게 있는 것 같다는 막연한 추측을 하기 시작하는 것이다. 그럴 때 곁에 제삼자가 있다면, 그는 흔들리는 마음을 다잡기 위해 그들에게 도움을 청하게 된다.

"터키." 내가 말했다. "자네는 어떻게 생각하나? 내 말이 맞지 않나?"

"외람된 말씀입니다만, 소장님." 터키가 가장 온화한 어조로 말했다. "소장님 말씀이 맞다고 생각합니다."

"니퍼스." 내가 말했다. "자네는 어떻게 생각하나?"

"당장 사무실에서 걷어차 버려야 한다고 생각합니다."

(통찰력 있는 독자라면 여기서 터키의 대답은 아침이라 정중하고 차분하지만, 니퍼스의 대답은 성미가 고약하다는 것을 눈치챌 것이다. 이전 문장을 빌리자면, 니퍼스의 고약한 기분이 근무 중이었고 터키의 기분은 비번이었다.)

"진저 너트." 나는 아주 작은 지지라도 얻고 싶어 물었다. "자네는 어떻게 생각하나?"

"제 생각엔, 소장님, 저분 좀 미친 것 같아요." 진저 너트가 싱긋 웃으며 대답했다.

"사람들이 하는 말 들었지." 나는 병풍 쪽을 향해 말했다. "나와서 자네 의무를 다하게."

하지만 그는 아무런 대답도 하지 않았다. 나는 몹시 당혹스러워하며 잠시 생각에 잠겼다. 하지만 다시 업무가 급해졌다. 나는 이 딜레마에 대한 고민을 다시 나중으로 미루기로 했다. 약간의 고생 끝에 우리는 바틀비 없이 서류 검토를 마쳤다. 한두 페이지를 넘길 때마다 터키는 이런 방식이 아주 이례적이라는 의견을 정중하게 내놓았고, 니퍼스는 소화불량으로 인한 신경질로 의자에서 몸을 뒤틀며 병풍 뒤의 고집불통 멍청이를 향해 이 사이로 쉿쉿거리는 욕설을 내뱉었다. 그리고 니퍼스 자신으로서는 보수도 없이 남의 일을 대신 해주는 것은 이번이 처음이자 마지막이라고 덧붙였다.

그동안 바틀비는 자신의 은신처에 앉아 그곳에서의 자기 일 외에는 모든 것을 잊은 듯했다.

며칠이 지났고, 필사원은 또 다른 긴 작업을 맡았다. 그의 최근 놀라운 행동 때문에 나는 그의 일거수일투족을 면밀히 살피게 되었다. 나는 그가 점심을 먹으러 나가지 않는다는 사실을 발견했다. 사실 그는 어디에도 가지 않았다. 내가 아는 한 그는 내 사무실 밖으로 나간 적이 없었다. 그는 구석을 지키는 영원한 보초였다. 하지만 오전 11시경이면 진저너트가 바틀비의 병풍 틈으로 다가가는 것을 보았다. 마치 내가 앉은 자리에서는 보이지 않는 어떤 손짓에 의해 조용히 불려가는 것 같았다. 그러면 소년은 몇 펜스를 짤랑거리

며 사무실을 나갔다가, 한 움큼의 진저 너트 케이크를 들고
나타나 은신처에 전달하고는 수고비로 케이크 두 개를 받았
다.

'그는 진저 너트만 먹고 사는구나' 하고 나는 생각했다.
제대로 된 식사를 전혀 하지 않으니 채식주의자임이 분명했
다. 하지만 아니었다. 그는 채소조차 먹지 않았다. 그는 오
직 진저 너트만 먹었다. 내 마음은 진저 너트만 먹고 사는 것
이 인간의 체질에 어떤 영향을 미칠지에 대한 공상으로 이
어졌다. 진저 너트는 생강(ginger)이 주성분이자 마지막 풍미를
더하는 재료이기 때문에 그렇게 불린다. 그런데 생강이란
무엇인가? 뜨겁고 매콤한 것이다. 바틀비가 뜨겁고 매콤한
가? 전혀 그렇지 않았다. 그렇다면 생강은 바틀비에게 아무
런 영향도 주지 못한 것이다. 아마 그는 아무런 영향도 받지
않는 편을 택했을 것이다.

수동적인 저항만큼 성실한 사람을 화나게 하는 것도 없
다. 저항을 받는 사람이 비인간적인 성격이 아니고, 저항하
는 사람이 그 수동성 면에서 완전히 무해하다면, 전자는 기
분이 좋을 때 자신의 판단으로는 해결할 수 없는 일을 상상
력을 동원해 자비롭게 해석하려 노력하게 된다. 나 역시 대
개 바틀비와 그의 방식을 그렇게 보았다. '불쌍한 친구!' 하
고 나는 생각했다. '악의가 있는 건 아니야. 무례하게 굴려는

의도가 없는 게 분명해. 그의 모습만 봐도 그의 기벽이 자발적인 게 아니라는 걸 알 수 있지. 그는 내게 유용한 사람이야. 나는 그와 잘 지낼 수 있어. 만약 내가 그를 내쫓는다면, 그는 덜 관대한 고용주를 만나 무례한 대우를 받고 어쩌면 비참하게 쫓겨나 굶어 죽을지도 몰라. 그래, 여기서 나는 아주 저렴한 비용으로 달콤한 자기만족을 살 수 있어. 바틀비와 친구가 되어주고 그의 기이한 고집을 받아주는 것은 내게 거의 아무런 비용도 들지 않지만, 내 영혼에는 결국 양심에 아주 달콤한 양식이 될 테니까.' 하지만 이런 기분이 항상 유지되는 것은 아니었다. 바틀비의 수동성은 때때로 나를 짜증 나게 했다. 나는 묘하게 그를 몰아붙여 새로운 대립을 만들고, 내 분노에 상응하는 어떤 화난 불꽃을 그에게서 끌어내고 싶은 충동을 느꼈다. 하지만 그것은 마치 윈저 비누 조각에 대고 주먹으로 불을 붙이려 애쓰는 것과 같았다. 그러던 어느 오후, 내 안의 나쁜 충동이 나를 지배했고 다음과 같은 작은 장면이 연출되었다.

"바틀비." 내가 말했다. "그 서류들을 다 베끼면 나와 함께 대조해 보세."

"안 하는 편을 택하겠습니다."

"뭐라고? 설마 그 고집스러운 변덕을 계속 부리겠다는 건 아니겠지?"

대답이 없었다.

나는 근처의 미닫이문을 활짝 열고 터키와 니퍼스를 향해 흥분한 어조로 외쳤다.

"이 친구가 또 서류 검토를 안 하겠다고 하는군. 자네는 어떻게 생각하나, 터키?"

그때가 오후였음을 기억하라. 터키는 놋쇠 보일러처럼 달아올라 앉아 있었고, 그의 대머리에서는 김이 났으며, 그의 손은 얼룩진 서류들 사이에서 휘청거리고 있었다.

"어떻게 생각하느냐고요?" 터키가 포효했다. "당장 저 병풍 뒤로 가서 녀석의 눈덩이를 시퍼렇게 만들어줘야 한다고 생각합니다!"

그렇게 말하며 터키는 자리에서 일어나 권투 자세를 취했다. 그가 약속을 지키기 위해 서둘러 가려 할 때 나는 그를 붙잡았다. 점심 식사 후 터키의 투쟁심을 부주의하게 자극한 결과가 우려되었기 때문이다.

"앉게, 터키." 내가 말했다. "니퍼스의 말을 들어보세. 니퍼스, 자네는 어떻게 생각하나? 내가 당장 바틀비를 해고하는 것이 정당하지 않겠나?"

"실례지만 그건 소장님이 결정하실 일입니다. 제 생각에 그의 행동은 아주 이례적이고, 터키와 저에게는 참으로 불공평합니다. 하지만 그저 일시적인 변덕일 수도 있습니다."

"아." 내가 외쳤다. "자네 생각이 묘하게 바뀌었군—지금은 그에 대해 아주 부드럽게 말하는군."

"다 맥주 때문입니다." 터키가 소리쳤다. "부드러움은 맥주의 효과죠—니퍼스와 저는 오늘 같이 점심을 먹었습니다. 소장님, 제가 얼마나 부드러운지 보십시오. 가서 녀석의 눈덩이를 시퍼렇게 만들어줄까요?"

"바틀비를 말하는 거겠지. 아니, 오늘은 됐네, 터키." 내가 대답했다. "제발 주먹 좀 내리게."

나는 문을 닫고 다시 바틀비에게 다가갔다. 나는 내 운명을 시험하려는 추가적인 동기를 느꼈다. 나는 다시 한번 거절당하고 싶어 안달이 났다. 나는 바틀비가 사무실을 절대 떠나지 않는다는 사실을 기억해냈다.

"바틀비." 내가 말했다. "진저 너트가 자리를 비웠네. 우체국에 좀 다녀와 주겠나? (걸어서 3분 거리였다.) 나한테 온 게 있는지 확인 좀 해주게."

"안 하는 편을 택하겠습니다."

"안 가겠다는 건가?"

"안 하는 편을 택하겠습니다."

나는 비틀거리며 내 책상으로 돌아가 깊은 생각에 잠겼다. 나의 맹목적인 집요함이 되살아났다. 이 수척하고 빈털터리인 녀석—내가 고용한 직원—에게 수치스럽게 거절당

할 수 있는 또 다른 일이 무엇이 있을까? 지극히 합당하면서
도 그가 분명히 거절할 만한 일이 또 무엇이 있을까?

"바틀비!"

대답이 없었다.

"바틀비." 더 큰 소리로 불렀다.

대답이 없었다.

"바틀비!" 나는 포효했다.

마치 유령처럼, 마법의 소환 법칙에 따라 세 번째 부름에
그는 은신처 입구에 나타났다.

"옆방에 가서 니퍼스더러 나한테 오라고 전하게."

"안 하는 편을 택하겠습니다." 그는 정중하고 느리게 말
하고는 조용히 사라졌다.

"아주 좋네, 바틀비." 나는 아주 가깝고도 끔찍한 보복이
라는 변치 않는 목적을 암시하듯, 조용하면서도 엄격하고 침
착한 어조로 말했다. 그 순간 나는 정말로 그런 조치를 취할
생각이었다. 하지만 전체적으로 점심시간이 다가오고 있었
기에, 나는 모자를 쓰고 집으로 걸어가는 것이 최선이라고
생각했다. 마음은 당혹감과 괴로움으로 가득했다.

인정해야 할까? 이 모든 일의 결론은, 바틀비라는 이름
의 창백한 젊은 필사원과 그의 책상이 내 사무실의 고정된
사실이 되었다는 것이다. 그는 평소 요율인 100단어당 4센

트의 보수를 받고 나를 위해 필사했다. 하지만 그는 자신이 한 일을 검토하는 의무에서 영구적으로 면제되었고, 그 업무는 터키와 니퍼스에게 넘겨졌다. 의심할 여지 없이 그들의 뛰어난 예리함에 대한 경의의 표시였다. 게다가 바틀비는 어떤 사소한 심부름도 결코 해서는 안 되었으며, 설령 그런 일을 해달라고 간청받더라도 그는 대개 안 하는 편을 택할 것이라는—다시 말해 단호하게 거절할 것이라는—사실이 일반적으로 받아들여졌다.

날이 갈수록 나는 바틀비에게 상당히 익숙해졌다. 그의 성실함, 방종함 없는 생활, 끊임없는 근면함(병풍 뒤에 서서 망상에 빠져 있기로 한 때를 제외하고는), 그의 엄청난 정적, 어떤 상황에서도 변함없는 태도는 그를 가치 있는 자산으로 만들었다. 가장 중요한 점은 그가 항상 그곳에 있다는 것이었다—아침에 가장 먼저, 낮 동안 내내, 그리고 밤에 가장 늦게까지. 나는 그의 정직함에 대해 기이한 신뢰를 갖게 되었다. 나의 가장 소중한 서류들이 그의 손안에서 완벽하게 안전하다고 느꼈다. 물론 가끔은 도저히 참지 못하고 그에게 갑작스러운 발작적인 분노를 터뜨릴 때도 있었다. 바틀비가 내 사무실에 머무는 조건으로 내세운 그 기이한 특이점들, 특권들, 그리고 전례 없는 면제 사항들을 항상 염두에 두는 것은 대단히 어려운 일이었기 때문이다. 때때로 급한 업무를 처리하려는 열의에 나도 모르게 바틀비를 짧고 빠른 어조로 불러, 내가 서류를 묶으려던 붉은 끈의 매듭 시작 부분에 손가락을 대달라고 요청하곤 했다. 물론 병풍 뒤에서는 어김없이 "안 하는 편을 택하겠습니다"라는 대답이 돌아왔다. 그러면 우리 본성의 공통된 약점을 가진 인간으로서, 그런 고집스러움과 비이성적인 태도에 대해 어떻게 비통하게 외치지 않을 수 있겠는가. 하지만 이런 식의 거절을 당할 때마다 나는 부주의하게 그를 부르는 실수를 저지를 확률을 줄여나갔다.

여기서 한 가지 언급해야 할 점은, 인구 밀도가 높은 법률 건물의 사무실을 사용하는 대부분의 법률가 관습에 따라 내 사무실 문에는 여러 개의 열쇠가 있었다는 사실이다. 하나는 다락방에 거주하며 매주 사무실을 닦고 매일 쓸고 먼지를 터는 여인이 가지고 있었다. 또 하나는 편의상 터키가 가지고 있었다. 세 번째는 가끔 내가 주머니에 넣고 다녔다. 네 번째는 누가 가지고 있는지 몰랐다.

그러던 어느 일요일 아침, 나는 유명한 설교자의 설교를 듣기 위해 트리니티 교회에 가던 중 시간이 좀 남아서 사무실에 잠시 들르기로 했다. 다행히 열쇠를 가지고 있었지만, 자물쇠에 꽂으려니 안쪽에서 무언가 끼워져 있어 들어가지 않았다. 꽤 놀라서 소리를 지르자, 당황스럽게도 안쪽에서 열쇠가 돌아가는 소리가 들렸다. 그리고 문을 살짝 열고 수

척한 얼굴을 내민 것은 바틀비였다. 그는 셔츠 차림에 묘하게 남루한 차림새로 나타나 조용히 말했다. 미안하지만 지금은 아주 중요한 일에 몰두하고 있어서—지금은 나를 들여보내지 않는 편을 택하겠다고 말이다. 덧붙여 그는 내가 블록을 두세 바퀴 돌고 오면 그때쯤이면 아마 자신의 일을 끝냈을 것이라고 짧게 말했다.

일요일 아침에 내 사무실을 점유하고 있는 바틀비의 전혀 예상치 못한 모습, 시체처럼 점잖은 무심함, 그러면서도 단호하고 침착한 태도는 내게 너무나 기이한 영향을 주어, 나는 내 사무실 문 앞에서 즉시 꼬리를 내리고 그가 시키는 대로 했다. 하지만 이 설명할 수 없는 필사원의 온화한 뻔뻔함에 대해 무력한 반항심을 느끼지 않은 것은 아니었다. 사실 나를 무장 해제시킬 뿐만 아니라 나를 무력하게 만든 것은 주로 그의 놀라운 온화함이었다. 자신이 고용한 직원이 자신에게 명령을 내리고 자신의 사무실에서 나가라고 하는 것을 평온하게 허용할 때, 사람은 일시적으로 무력해진다고 생각하기 때문이다. 게다가 나는 바틀비가 일요일 아침에 셔츠 차림으로, 그것도 흐트러진 모습으로 내 사무실에서 대체 무엇을 하고 있을지 몹시 불안했다. 무슨 부적절한 일이라도 벌어지고 있는 걸까? 아니, 그건 불가능했다. 바틀비가 부도덕한 사람일 것이라는 생각은 단 한 순간도 들지 않았다. 하지만 그는 거기서 무엇을 하고 있었을까? 필사? 다시 말하지만, 그의 기벽이 무엇이든 바틀비는 지극히 품위 있는 사람이었다. 그는 거의 벌거벗은 상태로 책상에 앉아 있을 사람이 아니었다. 게다가 일요일이었다. 바틀비에게는 어떤 세속적인 업무로 그날의 품격을 어길 것이라고는 생각할 수 없는 무언가가 있었다.

그럼에도 내 마음은 진정되지 않았고, 걷잡을 수 없는 호기심에 휩싸여 결국 다시 문으로 돌아갔다. 방해 없이 열쇠를 꽂고 문을 열어 안으로 들어갔다. 바틀비는 보이지 않았다. 나는 초조하게 주위를 둘러보고 그의 병풍 뒤를 엿보았지만, 그가 가버린 것이 분명했다. 그곳을 더 자세히 조사해본 결과, 나는 바틀비가 기한도 없이 내 사무실에서 먹고, 입고, 잠을 자왔으며, 그것도 접시나 거울, 침대도 없이 지내왔다는 사실을 짐작하게 되었다. 구석에 있는 덜컹거리는 낡은 소파의 쿠션에는 수척한 몸이 누웠던 희미한 자국이 남아있었다. 그의 책상 밑으로 말려 들어간 담요 하나를 발견했고, 비어 있는 화로 밑에는 구두약 상자와 솔이, 의자 위에는 비누와 해진 수건이 담긴 양철 대야가 있었다. 신문지 위에는 진저 너트 부스러기 몇 개와 치즈 한 조각이 놓여 있었다. 그렇다, 바틀비가 이곳을 집으로 삼아 혼자서 독신 생활을 해왔음이 분명했다. 즉시 이런 생각이 내 머릿속을 스쳐 지나갔다. 이 얼마나 비참한 우애 없음과 고독이 여기서 드러나고 있는가! 그의 가난도 크지만, 그의 고독은 얼마나 끔찍한가! 생각해 보라. 일요일의 월가는 페트라처럼 버려진 곳이며, 매일 밤은 텅 빈 공간이다. 평일에는 업무와 활기로 웅성거리는 이 건물도 밤이 되면 순전한 공허함으로 메아리치고, 일요일 내내 황량하다. 그리고 이곳에서 바틀비는 집을 꾸렸다. 한때 사람들로 가득했던 고독의 유일한 목격자—카르타고의 폐허 속에서 명상에 잠긴, 순수하고 변모된 마리우스 같은 존재가 된 것이다!

내 인생 처음으로 압도적이고 찌르는 듯한 우울함이 나를 사로잡았다. 이전에는 기분 나쁘지 않은 슬픔 외에는 경험해 본 적이 없었다. 이제 공통된 인류애의 유대가 나를 거부할 수 없는 침울함으로 이끌었다. 형제애적인 우울함이었다! 나도 바틀비도 아담의 자손이었기 때문이다. 나는 그날 브로드웨이의 미시시피강처럼 백조처럼 항해하던 화려한 비단 옷과 반짝이는 얼굴들을 떠올렸다. 그리고 그들을 창백한 필사원과 대조하며 혼자 생각했다. '아, 행복은 빛을 쫓기에 우리는 세상이 즐겁다고 생각하지만, 불행은 멀리 숨어 있기에 우리는 불행이 없다고 생각하는구나.' 이런 슬픈 공상들—분명 병들고 어리석은 두뇌의 망상이었겠지만—은 바틀비의 기벽에 관한 다른 더 특별한 생각들로 이어졌다.

기이한 발견에 대한 예감이 내 주변을 맴돌았다. 필사원의 창백한 형체가 무관심한 이방인들 사이에서 떨리는 수의에 싸여 놓여 있는 모습이 내게 보였다.

갑자기 바틀비의 닫힌 책상이 내 눈길을 끌었다. 열쇠가 자물쇠에 꽂힌 채 그대로 노출되어 있었다.

'나쁜 의도는 없어, 비정한 호기심을 채우려는 것도 아니야' 하고 나는 생각했다. '게다가 책상은 내 것이고 그 안의 내용물도 내 것이니, 대담하게 안을 들여다보자.' 모든 것이 체계적으로 정리되어 있었고 서류들은 매끄럽게 놓여 있었다. 서류함은 깊었고, 서류 뭉치들을 치우고 그 구석을 더듬어 보았다. 곧 무언가 느껴져 그것을 끌어냈다. 그것은 낡고 매듭이 묶인 묵직한 반다나 손수건이었다. 그것을 열어보니 저금통이었다.

나는 이제 그 사람에게서 주목했던 모든 조용한 수수께끼들을 떠올렸다. 그가 대답할 때 외에는 결코 말하지 않았다는 것, 가끔 상당한 자유 시간이 있었음에도 그가 책을 읽는 모습을 한 번도 본 적이 없다는 것―아니, 신문조차 읽지 않았다는 것, 오랫동안 병풍 뒤 창가에 서서 죽은 듯한 벽돌 담벼락을 바라보곤 했다는 것을 기억해냈다. 나는 그가 어떤 식당이나 음식점도 방문하지 않았음을 확신했다. 그의 창백한 얼굴은 그가 터키처럼 맥주를 마시지 않으며, 다른 사람들처럼 차나 커피조차 마시지 않는다는 것을 분명히 나타냈다. 내가 알기로 그는 특별히 어디에도 가지 않았고, 산책하러 나가는 일도 없었다. 물론 지금이 그런 경우라면 모르겠지만 말이다. 그는 자신이 누구인지, 어디서 왔는지, 세상에 친척이 있는지 말하기를 거부했다. 그렇게 마르고 창백하면서도 건강이 나쁘다고 불평한 적도 없었다. 무엇보다도 나는 그의 창백한—뭐라고 불러야 할까?—창백한 오만함이라고 할까, 아니면 엄격한 내성적 태도라고 할까, 그런 무의식적인 분위기를 기억해냈다. 그 분위기는 내가 그에게 아주 사소한 부수적인 일조차 부탁하기를 두려워하게 만들었고, 그의 기벽에 순순히 따르게 하는 위압감을 주었다. 그의 오랜 부동자세로 미루어 볼 때, 병풍 뒤에서 그가 그 특유의 담벼락 망상에 빠져 서 있을 것임을 알면서도 말이다.

이 모든 일을 되새기며, 그가 내 사무실을 상주 거처이자 집으로 삼았다는 최근에 발견된 사실과 연결 지어보고, 그의 병적인 우울함을 잊지 않으려 노력하자, 신중한 감정이 나를 엄습하기 시작했다. 나의 첫 감정은 순수한 우울함과 진심 어린 동정이었지만, 바틀비의 황량함이 내 상상 속에서 커져갈수록 그 우울함은 공포로, 그 동정은 거부감으로 변해갔다. 어느 지점까지는 불행에 대한 생각이나 광경이 우리의 선한 감정을 불러일으키지만, 어떤 특별한 경우에는 그 지점을 넘어서면 그렇지 않다는 것은 참으로 사실이며 또한 끔찍한 일이다. 이것이 언제나 인간 마음의 본질적인 이기심 때문이라고 주장하는 이들은 틀렸다. 그것은 오히려 과도하고 유기적인 불행을 치료할 수 없다는 어떤 절망감에서 비롯된다. 예민한 존재에게 동정은 종종 고통이 된다. 그리고 마침내 그런 동정이 실질적인 구제로 이어질 수 없음을 깨닫게 될 때, 상식은 영혼에게 그 감정을 떨쳐버리라고 명령한다. 그날 아침 내가 본 것은 필사원이 타고난 치유 불가능한 장애의 희생자라는 확신을 주었다. 나는 그의 육체에 자선을 베풀 수는 있었지만, 그의 육체는 고통받고 있지 않았다. 고통받는 것은 그의 영혼이었고, 그의 영혼에 나는 닿을 수 없었다.

나는 그날 아침 트리니티 교회에 가려던 목적을 달성하지 못했다. 왠지 내가 본 것들이 당분간 교회에 갈 마음을 앗아가 버렸다. 나는 바틀비를 어떻게 해야 할지 생각하며 집으로 걸어갔다. 마침내 나는 이렇게 결심했다. 다음 날 아침 그에게 그의 이력 등에 대해 차분한 질문을 몇 가지 던지고, 만약 그가 솔직하고 가감 없이 대답하기를 거부한다면(그가 안 하는 편을 택할 것이라고 짐작했지만), 내가 줄 돈 외에 20달러 지폐 한 장을 더 얹어주며 그의 서비스가 더 이상 필요하지 않다고 말하는 것이다. 하지만 다른 방식으로 그를 도울 수 있다면 기꺼이 그렇게 하겠다고, 특히 그가 고향이 어디든 그곳으로 돌아가기를 원한다면 기꺼이 여비를 보태주겠다고 말이다. 게다가 집에 도착한 후 언제든 도움이 필요하다면 편지를 보내라고, 반드시 답장하겠다고 말이다.

다음 날 아침이 밝았다.

"바틀비." 나는 병풍 뒤에 있는 그를 부드럽게 불렀다.

대답이 없었다.

"바틀비." 나는 더욱 부드러운 어조로 말했다. "이리 나오게. 자네가 안 하고 싶은 일은 아무것도 시키지 않겠네—그저 자네와 이야기를 나누고 싶을 뿐이네."

그러자 그는 소리 없이 나타났다.

"바틀비, 자네 어디서 태어났는지 말해주겠나?"

"안 하는 편을 택하겠습니다."

"자네 자신에 대해 무엇이든 말해줄 수 있겠나?"

"안 하는 편을 택하겠습니다."

"하지만 나에게 말하는 것에 무슨 합당한 거부 이유가 있나? 나는 자네에게 우호적이라네."

그는 내가 말하는 동안 나를 쳐다보지 않고, 내가 앉은 자리 바로 뒤 내 머리 위 6인치 정도 높이에 있는 키케로 흉상에 시선을 고정했다.

"자네 대답은 무엇인가, 바틀비?" 대답을 한참 기다린 후에 내가 물었다. 그동안 그의 표정은 미동도 없었으나, 하얗고 가느다란 입술이 아주 미세하게 떨리는 것 같았다.

"지금은 대답하지 않는 편을 택하겠습니다." 그는 말하고는 은신처로 물러났다.

인정하건대 내가 좀 나약했지만, 이번 그의 태도는 나를 자극했다. 그 안에는 어떤 차분한 경멸이 숨어 있는 듯 보였을 뿐만 아니라, 그가 나로부터 받은 부인할 수 없는 좋은 대우와 관용을 생각할 때 그의 고집은 배은망덕해 보였다.

나는 다시 어떻게 해야 할지 곰곰이 생각했다. 그의 행동에 굴욕감을 느꼈고 사무실에 들어올 때 그를 해고하기로 결심했음에도 불구하고, 기이하게도 어떤 미신적인 무언가가 내 마음을 두드리며 내 목적을 실행하는 것을 금지했다. 이 세상에서 가장 황량한 인간에게 단 한 마디의 비정한 말이라도 내뱉는다면 나를 악당이라고 비난하는 것 같았다. 마침내 나는 친근하게 의자를 병풍 뒤로 끌고 가 앉아서 말했다. "바틀비, 자네 이력을 밝히는 건 신경 쓰지 말게. 하지만 친구로서 간곡히 부탁하건대, 이 사무실의 관례를 최대한 따라주게. 내일이나 모레 서류 검토하는 걸 돕겠다고 지금 말해주게. 요컨대 하루 이틀 뒤면 조금은 말이 통하는 사람이 되겠다고 지금 말해주게—그렇게 말해주게, 바틀비."

"지금은 조금 말이 통하는 사람이 되지 않는 편을 택하겠습니다." 이것이 그의 온화하고 시체 같은 대답이었다.

바로 그때 미닫이문이 열리고 니퍼스가 다가왔다. 그는 평소보다 심한 소화불량으로 인해 유난히 잠을 설친 듯 보였다. 그는 바틀비의 마지막 말을 엿들었다.

"안 하는 편을 택하겠다고요, 네?" 니퍼스가 이를 갈며 나를 향해 말했다. "소장님, 제가 소장님이라면 저 친구를 '택해'(prefer) 버리겠습니다. 저 고집불통 노새에게 본때를 보여주 겠다고요! 소장님, 저 친구가 지금은 또 뭘 안 하겠다고 하는 겁니까?"

바틀비는 미동도 하지 않았다.

"니퍼스 씨." 내가 말했다. "지금은 자네가 물러나 주는 편을 택하겠네."

왠지 최근 들어 나도 모르게 이 '택하다'(prefer)라는 단어를 온갖 적절하지 않은 상황에서 사용하는 습관이 생겨버렸다. 필사원과의 접촉이 이미 내 정신에 심각한 영향을 미치고 있 다는 생각에 나는 몸서리쳤다. 앞으로 또 어떤 더 깊은 이상 증세가 나타날지 모를 일이었다. 이런 우려가 나로 하여금 즉각적인 조치를 결정하게 하는 데 적잖은 영향을 주었다.

니퍼스가 아주 시큰둥하고 뚱한 표정으로 물러나자, 터키가 온화하고 정중하게 다가왔다.

"외람된 말씀입니다만, 소장님." 그가 말했다. "어제 여기 바틀비에 대해 생각해보았는데, 제 생각에 저 친구가 매일 좋은 에일 맥주 한 쿼트씩만 마시는 편을 택한다면, 몸을 회복하고 서류 검토를 돕는 데 큰 도움이 될 것 같습니다."

"자네도 그 단어를 쓰는군." 내가 약간 흥분해서 말했다.

"외람되지만 무슨 단어 말씀이십니까, 소장님." 터키는 병풍 뒤 좁은 공간으로 정중하게 몸을 밀어 넣으며 물었고, 그 바람에 나는 필사원과 부딪히게 되었다. "무슨 단어 말입니까, 소장님?"

"저는 여기 혼자 남겨지는 편을 택하겠습니다." 바틀비가 자신의 사생활을 침해당한 것에 불쾌한 듯 말했다.

"그 단어 말일세, 터키." 내가 말했다. "바로 그 단어."

"오, '택하다'(prefer) 말입니까? 오, 네—묘한 단어죠. 저는 평소에 쓰지 않습니다만. 하지만 소장님, 제가 말씀드린 대로 저 친구가 그저 택하기만 한다면—"

"터키." 내가 말을 끊었다. "물러나 주게."

"오, 물론입니다, 소장님. 소장님이 그러길 택하신다면요."

그가 미닫이문을 열고 물러날 때, 책상에 앉아 있던 니퍼스가 나를 힐끗 보더니 어떤 서류를 파란 종이에 복사하길 택하는지 아니면 하얀 종이에 하길 택하는지 물었다. 그는 결코 장난스럽게 그 단어를 강조하지 않았다. 그것은 분명히 그의 혀에서 무의식적으로 흘러나온 것이었다. 나는 혼자 생각했다. '나와 직원들의 머리는 아니더라도 최소한 혀는 이미 어느 정도 돌려놓은 저 미친 사람을 반드시 내쫓아야겠다.' 하지만 당장 해고를 통보하지 않는 것이 현명하다고 생각했다.

다음 날 나는 바틀비가 창가에 서서 담벼락 망상에 빠져 있는 것 외에는 아무것도 하지 않는다는 사실을 알아차렸다. 왜 글을 쓰지 않느냐고 묻자, 그는 더 이상 글을 쓰지 않기로 결정했다고 말했다.

"아니, 그게 무슨 소린가? 이제 어쩔 셈인가?" 내가 외쳤다. "더 이상 글을 쓰지 않겠다고?"

"더 이상 쓰지 않겠습니다."

"이유가 무엇인가?"

"이유가 보이지 않으십니까?" 그는 무심하게 대답했다.

나는 그를 뚫어지게 바라보았고, 그의 눈이 멍하고 흐릿하다는 것을 알아차렸다. 즉시 이런 생각이 들었다. 그가 내 사무실에 온 처음 몇 주 동안 어두운 창가에서 전례 없는 열의로 필사했던 것이 일시적으로 시력을 손상시켰을지도 모른다고 말이다.

나는 마음이 움직였다. 나는 그에게 위로의 말을 건넸다. 당분간 글쓰기를 삼가는 것이 현명한 처사라고 넌지시 말하며, 이 기회에 야외에서 건강한 운동을 해보라고 권했다. 하지만 그는 그렇게 하지 않았다. 며칠 후, 다른 직원들이 자리를 비웠고 나는 우편으로 보낼 편지들을 서둘러 처리해야 했다. 나는 바틀비가 세상에 달리 할 일도 없으니 이번만큼은 평소보다 덜 완고하게 굴어 이 편지들을 우체국에 가져다줄 것이라 생각했다. 하지만 그는 단호하게 거절했다. 그래서 나는 몹시 불편하게도 직접 다녀왔다.

또 며칠이 지났다. 바틀비의 눈이 좋아졌는지 아닌지는 알 수 없었다. 겉보기에는 좋아진 것 같았다. 하지만 내가 물어보아도 그는 아무런 대답도 하지 않았다. 어쨌든 그는 필사를 전혀 하지 않으려 했다. 마침내 나의 재촉에 그는 필사를 영구적으로 그만두었다고 내게 알렸다.

"뭐라고!" 내가 외쳤다. "만약 자네 눈이 완전히 낫는다면—예전보다 더 좋아진다면—그때는 필사를 하겠나?"

"필사는 그만두었습니다." 그는 대답하고 옆으로 비켜났다.

그는 예전처럼 내 사무실의 고정물로 남았다. 아니—가능하다면—그는 이전보다 더욱 고정물이 되었다. 어떻게 해야 할까? 그는 사무실에서 아무 일도 하지 않는데 왜 그곳에 머물러야 하는가? 솔직히 말해서 그는 이제 내게 연목(목걸이)으로서는 쓸모없을 뿐만 아니라 짊어지기 괴로운 맷돌이 되어버렸다. 하지만 나는 그가 가엾었다. 그 때문에 내가 불안을 느꼈다고 말하는 것은 진실보다 부족한 표현이다. 만약 그가 단 한 명의 친척이나 친구의 이름이라도 댔다면, 나는 즉시 편지를 써서 그 불쌍한 친구를 적절한 안식처로 데려가 달라고 간청했을 것이다. 하지만 그는 우주에 완전히, 절대적으로 혼자인 것 같았다. 대서양 한가운데의 난파선 조각 같았다. 마침내 나의 업무상의 필요가 다른 모든 고려 사항을 압도했다. 나는 최대한 정중하게 바틀비에게 6일 안에 무조건 사무실을 떠나야 한다고 말했다. 나는 그 기간 동안 다른 거처를 마련할 조치를 취하라고 경고했다. 그가 이사를 위한 첫걸음만 뗀다면 내가 도와주겠다고 제안했다. "그리고 자네가 마침내 나를 떠날 때, 바틀비." 내가 덧붙였다. "자네가 완전히 빈손으로 가지 않도록 내가 보살펴주겠네. 지금 이 시간부터 6일 뒤라는 걸 기억하게."

그 기간이 끝났을 때 나는 병풍 뒤를 엿보았고, 아! 바틀비는 그곳에 있었다.

나는 코트 단추를 채우고 마음을 다잡았다. 천천히 그에게 다가가 어깨를 짚으며 말했다. "때가 되었네. 자네는 이곳을 떠나야 하네. 자네가 안타깝지만, 여기 돈이 있네. 하지만 자네는 가야 하네."

"안 하는 편을 택하겠습니다." 그는 여전히 등을 돌린 채 대답했다.

"가야만 하네."

그는 침묵을 지켰다.

나는 이 사람의 평범한 정직함에 대해 무한한 신뢰를 가지고 있었다. 그는 내가 바닥에 부주의하게 떨어뜨린 6펜스나 1실링 동전들을 자주 돌려주곤 했다. 나는 그런 사소한 일에 매우 소홀한 편이었기 때문이다. 따라서 다음에 이어진 나의 행동은 그리 이상하게 여겨지지 않을 것이다.

"바틀비." 내가 말했다. "자네에게 줄 보수가 12달러 남았네. 여기 32달러가 있네. 나머지 20달러는 자네 것이네. — 받겠나?" 그리고 나는 지폐를 그에게 내밀었다.

하지만 그는 움직이지 않았다.

"그럼 여기 두겠네." 나는 테이블 위의 무게추 밑에 돈을 놓았다. 그러고는 모자와 지팡이를 들고 문으로 향하며 차분하게 돌아보고 덧붙였다. "이 사무실에서 자네 물건을 다 치우고 나면, 바틀비, 자네가 문을 잠가주게—이제 자네 말고는 아무도 없으니까—그리고 괜찮다면 열쇠를 매트 밑으로 밀어 넣어주게. 그래야 내가 아침에 가질 수 있으니 말일세. 자네를 다시 보지는 못하겠군. 그러니 작별 인사를 하세. 나중에 자네의 새 거처에서 내가 도울 일이 있다면 잊지 말고 편지로 알려주게. 잘 가게, 바틀비, 부디 잘 지내게."

하지만 그는 한마디도 대답하지 않았다. 무너진 신전의 마지막 기둥처럼, 그는 텅 빈 방 한가운데에 말없이 고독하게 서 있었다.

생각에 잠겨 집으로 걸어가면서, 나의 허영심이 동정심을 이겼다. 나는 바틀비를 내보낸 나의 거장다운 처세에 스스로를 높이 평가하지 않을 수 없었다. 나는 그것을 거장답다고 불렀고, 냉철한 사유를 하는 이라면 누구에게나 그렇게 보일 것이었다. 나의 조치의 아름다움은 완벽한 정숙함에 있었다. 저속한 협박도, 어떤 종류의 허세도, 화를 내며 윽박지르는 일도, 방을 왔다 갔다 하며 바틀비에게 당장 짐을 싸서 꺼지라고 격렬한 명령을 내뱉는 일도 없었다. 전혀 그렇지 않았다. 하급 지능을 가진 이들이 그랬을 것처럼 바틀비에게 떠나라고 크게 소리치는 대신, 나는 그가 떠나야 한다는 사실을 기정사실로 전제했고, 그 전제 위에 내가 할 말을 쌓아 올렸다. 나의 조치를 생각하면 할수록 나는 그것에 매료되었다. 그럼에도 다음 날 아침 잠에서 깨어났을 때 나는 의구심이 들었다—어떻게든 잠을 자면서 허영심의 연기가 걷힌 모양이었다. 사람이 가장 냉철하고 현명해지는 시간 중 하나는 아침에 막 깨어났을 때다. 나의 조치는 이론적으로는 여전히 영리해 보였다—하지만 실제로는 어떨까, 그것이 문제였다. 바틀비가 떠날 것이라고 전제한 것은 참으로 아름다운 생각이었지만, 결국 그 전제는 나만의 것이었지 바틀비의 것이 아니었다. 중요한 점은 내가 그가 떠날 것이라고 전제했느냐가 아니라, 그가 그러기를 택하느냐(prefer)였다. 그는 전제보다는 선택의 사람이었다.

아침 식사 후 나는 시내로 걸어가며 찬반 양론을 따져보았다. 한순간은 그것이 비참한 실패로 끝나 바틀비가 평소처럼 내 사무실에 멀쩡히 있을 것 같았고, 다음 순간에는 그의 의자가 비어 있는 것을 보게 될 것이 확실해 보였다. 그렇게 나는 계속 갈팡질팡했다. 브로드웨이와 캐널가 모퉁이에서 나는 사람들이 모여 진지하게 대화하는 것을 보았다.

"안 그럴 거라는 데 걸지." 내가 지나갈 때 어떤 목소리가 들렸다.

"안 간다고요? 좋소!" 내가 말했다. "돈을 거시오."

나는 본능적으로 내 돈을 꺼내려고 주머니에 손을 넣다가, 오늘이 선거일이라는 사실을 기억해냈다. 내가 엿들은 말은 바틀비에 관한 것이 아니라 어떤 시장 후보의 당선 여부에 관한 것이었다. 나는 너무 몰두한 나머지 브로드웨이의 모든 사람이 나의 흥분을 공유하며 나와 같은 문제를 토론하고 있다고 착각했던 것이다. 나는 거리의 소음이 나의 일시적인 망상을 가려준 것에 감사하며 계속 걸어갔다.

의도한 대로 나는 평소보다 일찍 사무실 문 앞에 도착했다. 잠시 서서 귀를 기울였다. 고요했다. 그는 가버린 게 분명했다. 손잡이를 돌려보았다. 문은 잠겨 있었다. 그렇다, 나의 조치는 마법처럼 통했다. 그는 정말 사라진 것이 분명했다. 하지만 여기에 어떤 우울함이 섞여 있었다. 나는 나의 눈부신 성공이 거의 안타까울 지경이었다. 나는 바틀비가 남겨두었을 열쇠를 찾으려고 문 매트 밑을 더듬다가, 실수로 무릎이 문짝을 쳤고 소환하는 듯한 소리가 났다. 그러자 안쪽에서 대답이 들려왔다.

"아직 안 됩니다. 제가 바쁩니다."

바틀비였다.

나는 벼락을 맞은 듯했다. 한순간 나는 아주 오래전 버지니아에서 어느 구름 없는 오후, 파이프를 입에 문 채 여름 번개에 맞은 사람처럼 서 있었다. 그는 따뜻하게 열린 창가에서 번개를 맞았고, 누군가 그를 건드려 쓰러질 때까지 꿈결 같은 오후를 배경으로 그곳에 기대어 있었다.

"안 갔군!" 나는 마침내 중얼거렸다. 하지만 그 불가해한 필사원이 나에 대해 가진 그 놀라운 지배력에 다시 굴복하며—내가 아무리 애를 써도 그 지배력에서 완전히 벗어날 수 없었다—나는 천천히 계단을 내려와 거리로 나갔다. 그리고 블록을 돌면서 이 전대미문의 당혹스러운 상황에서 다음에 무엇을 해야 할지 고민했다. 그를 실제로 밀어내어 쫓아낼 수는 없었다. 험한 말을 해서 쫓아내는 것도 통하지 않을 것이었다. 경찰을 부르는 것은 불쾌한 생각이었다. 그렇다고 그가 나에 대해 거두는 그 시체 같은 승리를 즐기게 내버려두는 것—이것 또한 생각할 수 없는 일이었다. 어떻게 해야 할까? 아니면 아무것도 할 수 없다면, 이 문제에 대해 내가 전제할 수 있는 것이 또 무엇이 있을까? 그렇다, 이전에 바틀비가 떠날 것이라고 미래지향적으로 전제했듯이, 이제는 그가 떠났다고 과거지향적으로 전제할 수 있을 것이다. 이 전제를 정당하게 실행하기 위해, 나는 아주 서둘러 사무실에 들어가 바틀비를 전혀 보지 못한 척하며, 그가 마치 공기라도 되는 양 그를 뚫고 똑바로 걸어갈 수도 있을 것이다. 그런 조치는 기이할 정도로 정곡을 찌르는 일격이 될 것이다. 바틀비가 그런 '전제의 원칙'의 적용을 견뎌내기는 거의 불가능할 것이었다. 하지만 다시 생각해보니 그 계획의 성공 여부는 다소 의심스러웠다. 나는 그와 다시 한번 담판을 짓기로 결심했다.

"바틀비." 나는 조용하면서도 엄격한 표정으로 사무실에 들어가며 말했다. "나는 정말 불쾌하네. 마음이 아프네, 바틀비. 나는 자네를 더 나은 사람으로 생각했네. 자네가 아주 신사적인 기질을 가지고 있어서, 어떤 미묘한 딜레마 상황에서도 작은 암시—요컨대 전제만으로도 충분할 것이라고 생각했네. 하지만 내가 속은 것 같군. 아니." 나는 정말 놀란 척하며 덧붙였다. "자네는 아직 그 돈에 손도 대지 않았군." 나는 전날 저녁에 놓아둔 바로 그 자리에 있는 돈을 가리켰다.

그는 아무 대답도 하지 않았다.

"나를 떠나겠나, 안 떠나겠나?" 나는 이제 갑작스러운 분노에 휩싸여 그에게 바짝 다가가 다그쳤다.

"당신을 떠나지 않는 편을 택하겠습니다." 그는 '않는'(not)이라는 단어를 부드럽게 강조하며 대답했다.

"자네가 여기 머물 무슨 지상의 권리가 있나? 자네가 집세를 내나? 자네가 내 세금을 내나? 아니면 이 재산이 자네 것인가?"

그는 아무 대답도 하지 않았다.

"이제 다시 글을 쓸 준비가 되었나? 눈은 다 나았나? 오늘 아침 나를 위해 짧은 서류 한 통을 필사해줄 수 있겠나? 아니면 몇 줄 검토하는 걸 도와주겠나? 아니면 우체국에 좀 다녀오겠나? 한마디로, 자네가 이 사무실을 떠나지 않겠다는 거절에 정당성을 부여할 만한 일을 조금이라도 하겠냔 말일세."

그는 묵묵히 자신의 은신처로 물러났다.

나는 이제 신경질적인 분노가 극에 달해, 지금은 더 이상의 감정 표현을 자제하는 것이 현명하다고 생각했다. 바틀비와 나, 단둘뿐이었다. 나는 불행한 애덤스와 그보다 더 불행한 콜트가 후자의 고립된 사무실에서 벌인 비극을 기억해 냈다. 가엾은 콜트가 애덤스에 의해 몹시 격분하여 부주의하게 광분한 나머지, 자신도 모르게 치명적인 행위를 저지르고 말았던 사건 말이다―그 행위는 분명 가해자 자신보다 더 깊이 후회할 사람은 없었을 것이다. 나는 그 사건에 대해 곰곰이 생각하면서, 만약 그 다툼이 공공 거리나 개인 저택에서 일어났다면 그렇게 끝나지는 않았을 것이라고 자주 생각하곤 했다. 그것은 인간적인 가정적 유대감이 전혀 없는 건물의 위층, 고립된 사무실에 단둘이 있었다는 상황―분명 카펫도 깔리지 않고 먼지 쌓인 황량한 사무실이었을 것이다―이 불행한 콜트의 짜증 섞인 절망감을 증폭시키는 데 크게 일조했을 것임이 분명했다.

하지만 이 분노라는 '옛 아담'이 내 안에서 일어나 바틀비에 대해 나를 유혹할 때, 나는 그를 붙잡아 내던졌다. 어떻게? 왜? 단순히 신성한 훈계를 떠올림으로써였다. "새 계명을 너희에게 주노니 서로 사랑하라." 그렇다, 이것이 나를 구했다. 고결한 고려 사항은 제쳐두더라도, 자비는 종종 대단히 현명하고 신중한 원칙으로 작용한다―그 소유자에게 훌륭한 보호막이 되어주는 것이다. 인간은 질투 때문에, 분노 때문에, 증오 때문에, 이기심 때문에, 그리고 영적 교만 때문에 살인을 저질러왔다. 하지만 달콤한 자비 때문에 악마적인 살인을 저질렀다는 사람은 들어본 적이 없다. 더 나은 동기를 찾을 수 없다면 단순한 자기 이익만으로도, 특히 성미가 급한 사람들에게는 모든 존재를 자비와 박애로 이끌어야 한다. 어쨌든 그 상황에서 나는 필사원의 행동을 호의적으로 해석함으로써 그에 대한 격앙된 감정을 억누르려 애썼다. '불쌍한 친구, 불쌍한 친구!' 하고 나는 생각했다. '그는 아무런 의도가 없어. 게다가 그는 힘든 시간을 보냈으니 관대하게 대해줘야 해.'

나는 또한 즉시 다른 일에 몰두하여 나의 낙담한 마음을 달래려 노력했다. 나는 오전 중에 바틀비가 기분이 내키는 시간에 스스로 은신처에서 나와 문을 향해 단호하게 걸어 나가는 모습을 상상하려 애썼다. 하지만 아니었다. 12시 반이 되었고, 터키는 얼굴이 달아오르기 시작해 잉크병을 엎지르고 전반적으로 소란스러워졌다. 니퍼스는 조용하고 정중한 상태로 가라앉았다. 진저 너트는 점심 사과를 씹어 먹었다. 그리고 바틀비는 창가에 서서 그의 가장 깊은 담벼락 망상 중 하나에 빠져 있었다. 믿어지겠는가? 인정해야 할까? 그날 오후 나는 그에게 더 이상 한마디도 하지 않고 사무실을 떠났다.

며칠이 지났고, 나는 틈틈이 에드워즈의 『의지론』과 프

리스틀리의 『필연론』을 조금씩 읽었다. 당시 상황에서 그 책들은 유익한 감정을 불러일으켰다. 점차 나는 필사원과 관련된 나의 이 고충들이 영원 전부터 예정된 것이며, 바틀비는 나 같은 평범한 인간으로서는 헤아릴 수 없는 전지전능한 섭리의 어떤 신비로운 목적을 위해 내게 배정된 존재라는 확신에 빠져들었다. '그래, 바틀비, 거기 병풍 뒤에 계속 있게나' 하고 나는 생각했다. '나는 더 이상 자네를 괴롭히지 않겠네. 자네는 이 낡은 의자들처럼 무해하고 조용하니까. 요컨대 자네가 여기 있다는 걸 알 때 나는 가장 사적인 평온함을 느끼네. 마침내 나는 그것을 보고 느끼네. 내 인생의 예정된 목적을 꿰뚫어 보게 되었네. 나는 만족하네. 다른 이들은 더 고귀한 역할을 맡을 수도 있겠지만, 바틀비, 이 세상에서 나의 사명은 자네가 머물고 싶어 하는 기간 동안 사무실 공간을 제공하는 것이네.'

사무실을 방문한 동료 변호사들의 요청하지도 않은 무자비한 논평들이 내게 쏟아지지 않았더라면, 이 현명하고 축복받은 마음가짐이 계속 유지되었을 것이라고 나는 믿는다. 하지만 편협한 마음들의 끊임없는 마찰이 결국 더 관대한 이들의 최선의 결심을 닳아 없애버리는 법이다. 물론 생각해 보면 내 사무실에 들어오는 사람들이 불가해한 바틀비의 특이한 모습에 충격을 받고 그에 대해 불길한 관찰을 내뱉고 싶은 유혹을 느끼는 것은 이상한 일이 아니었다. 때때로 나와 업무가 있어 사무실에 들렀다가 필사원 외에는 아무도 없는 것을 발견한 변호사가 그에게 나의 행방에 대해 정확한 정보를 얻으려 시도하곤 했다. 하지만 바틀비는 그의 한가한 말을 무시한 채 방 한가운데에 미동도 없이 서 있곤 했다. 그러면 그 모습을 한참 동안 응시하던 변호사는 올 때보다 나아진 것 없이 떠나갔다.

또한 참고인 조사가 진행되어 방안이 변호사들과 증인들로 가득 차고 업무가 긴박하게 돌아갈 때, 그 자리에 있던 어떤 바쁜 법률가가 아무 일도 하지 않는 바틀비를 보고는 그에게 자기 사무실에 가서 서류 좀 가져다 달라고 요청하곤 했다. 그러면 바틀비는 차분하게 거절하고는 예전처럼 멍하니 서 있었다. 그러면 변호사는 눈을 크게 뜨고 나를 쳐다보았다. 내가 무슨 말을 할 수 있었겠는가? 마침내 나는 나의 전문적인 지인들 사이에서 내가 사무실에 두고 있는 그 이상한 존재에 대해 경이로운 속삭임이 돌고 있다는 사실을 알게 되었다. 이것은 나를 몹시 괴롭혔다. 그리고 그가 어쩌면 장수하는 사람이 되어 내 사무실을 계속 점유하고, 나의 권위를 부정하며, 방문객들을 당혹스럽게 하고, 나의 직업적 명성을 훼손하며, 사무실 전체에 어둠을 드리울지도 모른다는 생각이 들었다. 그가 자신의 저축으로(의심할 여지 없이 그는 하루에 5센트도 쓰지 않았을 것이다) 마지막까지 목숨을 부지하다가, 결국 나보다 오래 살아남아 영구 점유권을 내세워 내 사무실의 소유권을 주장할지도 모른다는 생각 말이다. 이런 어두운 예상들이 점점 더 나를 압박하고, 친구들이 내 방의 그 유령 같은 존재에 대해 끊임없이 냉혹한 논평을 던지자, 내 안에서 큰 변화가 일어났다. 나는 모든 능력을 모아 이 참을 수 없는 악몽으로부터 영원히 벗어나기로 결심했다.

하지만 이 목적을 위해 복잡한 계획을 세우기 전에, 나는 먼저 바틀비에게 영구적으로 떠나는 것이 적절하겠다고 단순히 제안했다. 나는 차분하고 진지한 어조로 그 아이디어를 신중하고 성숙하게 고려해보라고 권했다. 하지만 사흘 동안 명상한 끝에 그는 자신의 원래 결정이 변함없다고 내게 알렸다. 요컨대 그는 여전히 나와 함께 머무는 편을 택하겠다는 것이었다.

'어떻게 해야 할까?' 나는 이제 코트 단추를 마지막까지 채우며 혼잣말을 했다. '어떻게 해야 할까? 무엇을 해야 할까? 이 사람, 아니 이 유령을 어떻게 하라고 양심은 말하고 있는가? 그를 떼어내야만 한다. 그는 가야만 한다. 하지만 어떻게? 자네는 그 불쌍하고 창백하며 수동적인 인간을 밀어내지 못할 것이다—자네는 그런 무력한 존재를 문밖으로 밀어내지 못할 것이다. 그런 잔인함으로 자신을 수치스럽게 만들지 않을 것인가? 아니, 나는 그러지 않을 것이다. 그럴 수 없다. 차라리 그가 여기서 살다 죽게 내버려 두고, 그의 유해를 벽 속에 묻어버리는 편이 낫다. 그럼 어떻게 할 것인가? 자네가 아무리 달래도 그는 꼼짝도 하지 않는다. 뇌물은 자네 책상 위 무게추 밑에 그대로 둔다. 요컨대 그가 자네에게 매달리는 편을 택하고 있음이 아주 분명하다.'

그렇다면 무언가 엄격하고 이례적인 조치가 취해져야 한다. '뭐라고! 설마 자네가 경관을 불러 그의 목덜미를 잡게 하고 그 무고하고 창백한 이를 일반 교도소에 가두게 하지는 않겠지? 그리고 무슨 근거로 그런 일을 시킬 수 있겠는가?— 부랑자라고? 뭐라고! 꼼짝도 하지 않으려는 그가 부랑자, 떠돌이란 말인가? 그가 부랑자가 되기를 거부하기 때문에 자네는 그를 부랑자로 간주하려 하는 것이다. 그건 너무나 터무니없다. 가시적인 생계 수단 없음: 여기서 그를 잡을 수 있다. 또 틀렸다. 그는 분명히 스스로를 부양하고 있으며, 그것이야말로 어떤 인간이든 그럴 능력이 있음을 보여주는 유일한 반박 불가능한 증거이기 때문이다. 더 이상은 안 된다. 그가 나를 떠나지 않겠다면 내가 그를 떠나야 한다. 나는 사무실을 옮길 것이다. 다른 곳으로 이사할 것이다. 그리고 그에게 분명히 경고할 것이다. 만약 내 새 사무실에서 그를 발견한다면 그때는 무단 침입자로 고발하겠다고 말이다.'

그에 따라 다음 날 나는 그에게 이렇게 말했다. "이 사무실이 시청에서 너무 멀다는 걸 알게 되었네. 공기도 건강에 좋지 않고 말일세. 한마디로 나는 다음 주에 사무실을 옮길 계획이고, 더 이상 자네의 서비스는 필요하지 않네. 자네가 다른 곳을 찾을 수 있도록 지금 미리 말해두는 것이네."

그는 아무 대답도 하지 않았고 더 이상의 대화는 없었다.

정해진 날에 나는 마차와 인부들을 고용해 사무실로 향했다. 가구가 별로 없었기에 몇 시간 만에 모든 것이 옮겨졌다. 그동안 필사원은 병풍 뒤에 계속 서 있었고, 나는 병풍을 가장 마지막에 치우라고 지시했다. 병풍이 치워졌고, 거대한 서류 뭉치처럼 접혀 나가자 그는 텅 빈 방의 움직이지 않는 점유자로 남겨졌다. 나는 입구에 서서 잠시 그를 지켜보았고, 내 안의 무언가가 나를 꾸짖었다.

나는 주머니에 손을 넣고—심장이 입 밖으로 튀어나올 것 같은 기분으로—다시 들어갔다.

"잘 가게, 바틀비. 나는 가네—잘 가게, 하느님이 어떻게든 자네를 축복하시길. 그리고 이걸 받게." 나는 그의 손에 무언가를 쥐여주었다. 하지만 그것은 바닥으로 떨어졌고, 나는—기이하게도—그토록 떼어내고 싶어 했던 그로부터 나 자신을 억지로 떼어내 도망치듯 나왔다.

새 거처에 자리를 잡은 뒤 하루 이틀 동안 나는 문을 잠가두었고, 복도에서 들리는 발자국 소리마다 깜짝 놀랐다. 잠시 자리를 비웠다 돌아올 때면 열쇠를 꽂기 전 문턱에서 잠시 멈춰 서서 주의 깊게 귀를 기울였다. 하지만 이런 두려움은 불필요했다. 바틀비는 내 근처에 나타나지 않았다.

모든 것이 잘 풀리고 있다고 생각했을 때, 당황한 기색의 낯선 이가 나를 찾아와 내가 최근 월가 00번지 사무실을 사용했던 사람이냐고 물었다.

불길한 예감에 휩싸여 나는 그렇다고 대답했다.

"그렇다면 소장님." 변호사로 밝혀진 그 낯선 이가 말했다. "당신이 거기 남겨두고 간 그 사람에 대해 책임을 지셔야 합니다. 그는 필사를 거부하고, 아무것도 하지 않겠다고 합니다. 안 하는 편을 택하겠다고만 말하며 사무실을 떠나기를 거부하고 있습니다."

"정말 유감입니다만." 나는 겉으로는 차분한 척했으나 속으로는 떨며 대답했다. "하지만 정말이지 당신이 언급한 그 사람은 저와 아무 상관이 없습니다―그는 제 친척도 아니고 견습생도 아니니 저에게 책임을 물으실 수는 없습니다."

"자비의 이름으로 묻건대, 대체 그는 누구입니까?"

"저도 확실히 알려드릴 수가 없군요. 그에 대해 아는 게 아무것도 없습니다. 예전에 필사원으로 고용한 적은 있지만, 벌써 한참 동안 저를 위해 아무 일도 하지 않았습니다."

"그럼 내가 해결하죠—좋은 아침입니다, 소장님."

며칠이 지났고 더 이상의 소식은 들리지 않았다. 가끔 그곳에 들러 불쌍한 바틀비를 보고 싶은 자비로운 충동을 느꼈지만, 알 수 없는 어떤 꺼림칙함이 나를 붙들었다.

'이제 그와 관련된 일은 다 끝났겠지' 하고 나는 마침내 생각했다. 또 일주일 동안 아무런 소식이 들리지 않았기 때문이다. 하지만 다음 날 사무실에 도착하니 여러 사람이 몹시 흥분한 상태로 내 문 앞에서 기다리고 있었다.

"저 사람입니다—저기 오네요." 맨 앞에 있던 사람이 외쳤다. 이전에 나를 혼자 찾아왔던 그 변호사였다.

"당장 그를 데려가야 합니다, 소장님." 그들 중 체격이 좋은 사람이 내게 다가오며 외쳤다. 월가 00번지 건물의 주인이었다. "제 세입자인 이 신사분들이 더 이상 참지 못하고 있습니다. B 씨가—" 그는 변호사를 가리켰다. "그를 방에서 쫓아냈더니, 이제는 건물 전체를 배회하며 낮에는 계단 난간에 앉아 있고 밤에는 현관에서 잠을 잡니다. 모두가 걱정하고 있습니다. 의뢰인들이 사무실을 떠나고 있고, 폭동이라도 일어날까 두려워하는 이들도 있습니다. 당신이 무언가 조치를 취해야 합니다, 그것도 지체 없이 말입니다."

이 쏟아지는 비난에 경악한 나는 뒤로 물러났고, 새 사무실 안으로 들어가 문을 잠그고 싶을 뿐이었다. 바틀비가 다른 누구에게나 마찬가지이듯 나에게도 아무 상관 없는 사람이라고 아무리 주장해도 소용없었다. 소용없었다—나는 그와 관련이 있다고 알려진 마지막 사람이었고, 그들은 나에게 그 끔찍한 책임을 물었다. 신문에 보도될까 두려워진 나는 (그 자리에 있던 한 사람이 은근히 협박했듯이) 문제를 숙고했고, 마침내 변호사가 자신의 방에서 필사원과 단둘이 만날 수 있게 해준다면, 그날 오후에 그들이 불평하는 그 골칫거리를 해결하기 위해 최선을 다해보겠다고 말했다.

예전의 아지트로 올라가니, 바틀비가 층계참 난간에 말 없이 앉아 있었다.

"여기서 뭐 하고 있나, 바틀비?" 내가 말했다.

"난간에 앉아 있습니다." 그가 부드럽게 대답했다.

나는 그를 변호사의 방으로 안내했고, 변호사는 우리를 남겨두고 나갔다.

"바틀비." 내가 말했다. "사무실에서 해고된 후에도 현관을 점유하고 고집을 부려서 나에게 큰 고통을 주고 있다는 걸 알고 있나?"

대답이 없었다.

"이제 두 가지 중 하나는 일어나야 하네. 자네가 무언가를 하든가, 아니면 자네에게 어떤 조치가 취해지든가 말이네. 자네는 어떤 종류의 일을 하고 싶나? 누군가를 위해 다시 필사하는 일을 하고 싶나?"

"아니요. 어떤 변화도 주지 않는 편을 택하겠습니다."

"포목점 점원 일은 어떤가?"

"그건 너무 갇혀 지내야 합니다. 아니요, 점원 일은 하고 싶지 않습니다. 하지만 저는 까다로운 사람은 아닙니다."

"너무 갇혀 지낸다고!" 내가 외쳤다. "자네는 지금도 항상 갇혀 지내고 있지 않은가!"

"점원 일은 맡지 않는 편을 택하겠습니다." 그는 그 문제를 즉시 매듭짓겠다는 듯 대꾸했다.

"바텐더 일은 어떤가? 그건 시력을 쓸 일도 없지 않은가."

"전혀 하고 싶지 않습니다. 하지만 전에도 말했듯이 저는 까다로운 사람은 아닙니다."

그의 이례적인 말수가 나를 고무시켰다. 나는 다시 몰아붙였다.

"그럼 전국을 돌아다니며 상인들의 미수금을 수거하는 일은 어떤가? 건강에도 도움이 될 걸세."

"아니요, 다른 일을 하는 편을 택하겠습니다."

"그럼 유럽 여행 동반자로 가서 어떤 젊은 신사와 대화를 나누며 즐겁게 해주는 일은 어떤가? 그건 어떤가?"

"전혀요. 그건 확실한 구석이 없는 일 같습니다. 나는 정착해 있는 걸 좋아합니다. 하지만 저는 까다로운 사람은 아닙니다."

"그럼 정착하게 해주지!" 나는 이제 인내심을 완전히 잃고, 그와의 그 지긋지긋한 인연 속에서 처음으로 불같이 화를 내며 외쳤다. "만약 자네가 오늘 밤이 되기 전에 이 건물에서 나가지 않는다면, 나는—정말이지 나는—나 자신이 이 건물을 떠나야만 하겠네!" 나는 그의 요지부동을 겁주어 따르게 할 마땅한 위협 수단이 떠오르지 않아 다소 황당하게 결론지었다. 모든 노력이 절망적임을 깨닫고 서둘러 그를 떠나려 할 때, 마지막 생각이 떠올랐다—이전에도 전혀 생각해보지 않은 것은 아니었다.

"바틀비." 나는 그런 흥분된 상황에서 낼 수 있는 가장 친절한 어조로 말했다. "지금 나와 함께 집으로 가겠나—내 사무실이 아니라 내가 사는 집으로 말이네—거기서 우리가 한가할 때 자네를 위한 적절한 방안을 결정할 때까지 머무는게 어떻겠나? 자, 지금 당장 출발하세."

"아니요. 지금은 어떤 변화도 전혀 주지 않는 편을 택하겠습니다."

나는 아무 대답도 하지 않았다. 하지만 나의 갑작스럽고 빠른 도주로 모든 이를 따돌리고 건물에서 뛰쳐나와 월가를 지나 브로드웨이로 달려갔다. 그리고 첫 번째 옴니버스 마차에 올라타 추격권에서 벗어났다. 평온을 되찾자마자 나는 건물 주인과 세입자들의 요구에 대해서나, 바틀비를 돕고 가혹한 박해로부터 보호하려는 나의 소망과 의무감에 대해서나 내가 할 수 있는 모든 것을 다했다는 사실을 분명히 깨달았다. 나는 이제 모든 걱정에서 벗어나 평온해지려 애썼고, 나의 양심도 그 시도를 정당화해주었다. 물론 내가 바랐던 만큼 성공적이지는 않았지만 말이다. 화가 난 건물 주인과 분노한 세입자들에게 다시 쫓길까 봐 너무나 두려웠던 나는, 업무를 니퍼스에게 맡기고 며칠 동안 마차를 몰고 시내 위쪽과 교외를 돌아다녔다. 저지시티와 호보컨을 건너갔고 맨해튼빌과 아스토리아를 잠시 방문하기도 했다. 사실상 그동안 나는 마차 안에서 살다시피 했다.

다시 사무실에 들어갔을 때, 아, 책상 위에 건물 주인의 쪽지가 놓여 있었다. 나는 떨리는 손으로 그것을 열었다. 쪽지에는 그가 경찰을 불러 바틀비를 부랑자 혐의로 '더 툼스' 교도소로 이송시켰다는 내용이 적혀 있었다. 게다가 내가 그에 대해 누구보다 잘 알고 있으니, 그곳에 와서 적절한 사실 진술을 해달라고 요청했다. 이 소식은 내게 복합적인 영향을 주었다. 처음에는 분개했지만, 나중에는 거의 찬성하게 되었다. 건물 주인의 정력적이고 단호한 성격이 나로서는 결정하지 못했을 조치를 취하게 한 것이었다. 하지만 그런 특수한 상황에서 최후의 수단으로서는 그것이 유일한 방안인 듯 보였다.

나중에 알게 된 사실이지만, 불쌍한 필사원은 교도소로 이송되어야 한다는 말을 들었을 때 조금의 저항도 하지 않고, 그 창백하고 움직임 없는 모습으로 묵묵히 따랐다고 한다.

동정심과 호기심을 가진 구경꾼 몇몇이 그 행렬에 합류했다. 한 경관이 바틀비와 팔짱을 끼고 앞장섰고, 이 침묵의 행렬은 정오의 시끄러운 대로의 소음과 열기, 그리고 즐거움 사이를 뚫고 나아갔다.

쪽지를 받은 바로 그날 나는 '더 툼스', 더 정확히 말하자면 법무소로 갔다. 담당 관리를 찾아 방문 목적을 말하자, 내가 묘사한 인물이 정말로 안에 있다는 대답을 들었다. 나는 그 관리에게 바틀비가 지극히 정직한 사람이며, 비록 설명할 수 없을 정도로 기이하긴 하지만 대단히 동정받아야 할 처지라고 확신시켰다. 내가 아는 모든 것을 이야기하고, 더 나은 조치가 취해질 때까지—그게 무엇일지는 나도 잘 몰랐지만—최대한 관대한 구금 상태로 머물게 해달라고 제안하며 말을 맺었다. 어쨌든 다른 방안이 없다면 구빈원이라도 그를 받아줘야 할 것이었다. 그리고 나서 나는 면회를 요청했다.

수치스러운 혐의가 있는 것도 아니고 모든 행동이 평온하고 무해했기에, 그들은 그가 교도소 안을 자유롭게 돌아다니도록 허용해주었다. 특히 잔디가 깔린 안뜰을 말이다. 그래서 나는 그곳에서 그를 발견했다. 가장 조용한 안뜰에 홀로 서서 높은 벽을 마주하고 있는 그의 모습 말이다. 그를 둘러싼 좁은 감옥 창문 틈새로 살인범들과 도둑들의 눈이 그를 엿보고 있는 것 같았다.

"바틀비!"

"당신을 압니다." 그는 돌아보지도 않고 말했다. "당신에게는 할 말이 아무것도 없습니다."

"내가 자네를 여기 데려온 게 아니네, 바틀비." 나는 그의 암시적인 의심에 깊은 고통을 느끼며 말했다. "그리고 자네에게 이곳은 그렇게 끔찍한 곳이 아닐 걸세. 여기 있다고 해서 자네에게 어떤 비난이 따르는 것도 아니네. 보게나, 생각만큼 슬픈 곳도 아니지 않은가. 보게, 저기 하늘이 있고 여기 풀밭이 있네."

"내가 어디 있는지 압니다." 그는 대답했지만 더 이상 아무 말도 하지 않았고, 그래서 나는 그를 떠났다.

다시 복도로 들어서자 앞치마를 두른 덩치 큰 사내가 내게 다가와 어깨 너머로 엄지손가락을 까닥이며 물었다. "저 사람이 당신 친구요?"

"그렇소."

"저 사람 굶어 죽고 싶은 거요? 그렇다면 그냥 교도소 밥이나 먹으라고 하쇼, 그게 다니까."

"당신은 누구요?" 그런 장소에서 그렇게 비공식적으로 말하는 사람이 누구인지 몰라 내가 물었다.

"난 식사 조달원이오. 여기 친구가 있는 신사분들이 나를 고용해서 친구들에게 좋은 음식을 먹이곤 하죠."

"정말 그렇소?" 나는 간수에게 돌아서서 물었다.

그는 그렇다고 대답했다.

"그럼 좋소." 나는 식사 조달원(그들은 그를 그렇게 불렀다)의 손에 은전 몇 개를 쥐여주며 말했다. "저기 내 친구에게 특별히 신경을 써주시오. 당신이 구할 수 있는 최고의 점심을 대접해주시오. 그리고 그에게 최대한 정중하게 대해주시오."

"나를 좀 소개해 주겠소?" 식사 조달원은 자신의 교양을 보여줄 기회를 몹시 기다리고 있다는 듯한 표정으로 나를 보며 말했다.

그것이 필사원에게 도움이 될 것이라 생각한 나는 동의했다. 식사 조달원의 이름을 묻고 그와 함께 바틀비에게 다가갔다.

"바틀비, 이분은 커틀릿 씨네. 자네에게 아주 유용한 분이 될 걸세."

"당신의 종입니다, 나리, 당신의 종입니다." 식사 조달원은 앞치마 뒤로 깊숙이 허리를 굽혀 인사했다. "이곳이 마음에 드셨으면 좋겠군요, 나리. 넓은 부지에 시원한 방들입니다, 나리. 우리와 함께 좀 오래 머무셨으면 좋겠군요—즐겁게 해드리도록 노력하겠습니다. 커틀릿 부인과 제가 부인의 개인실에서 나리를 점심 식사에 모시는 영광을 누려도 되겠습니까, 나리?"

"오늘은 식사하지 않는 편을 택하겠습니다." 바틀비는 몸을 돌리며 말했다. "식사를 하면 몸에 맞지 않을 겁니다. 나는 식사에 익숙하지 않습니다." 그렇게 말하고 그는 천천히 안뜰 반대편으로 이동해 죽은 담벼락을 마주 보고 자리를 잡았다.

"이게 어찌 된 일입니까?" 식사 조달원이 깜짝 놀라 나를 쳐다보며 물었다. "참 이상한 사람이군요, 안 그렇습니까?"

"내 생각엔 정신이 좀 나간 것 같소." 나는 슬프게 말했다.

"정신이 나갔다고요? 정신이 나간 겁니까? 참나, 제 명예를 걸고 말씀드리는데, 저는 당신 친구분이 신사적인 위조범인 줄 알았습니다. 위조범들은 항상 창백하고 신사 같거든요. 그들을 동정하지 않을 수가 없어요—어쩔 수가 없군요, 나리. 먼로 에드워즈를 아십니까?" 그는 감동적인 어조로 덧붙이고 잠시 멈췄다. 그러더니 내 어깨에 동정 어린 손을 얹고 한숨을 쉬었다. "그는 싱싱 교도소에서 폐결핵으로 죽었죠. 면로와는 아는 사이가 아니셨나 보군요?"

"아니오, 나는 위조범들과 사적으로 아는 사이가 아니오. 하지만 더 이상 머물 수 없구려. 저기 내 친구를 잘 보살펴주시오. 손해 보게 하지는 않겠소. 다시 오겠소."

며칠 후 나는 다시 '더 툼스' 면회 허가를 받아 바틀비를 찾아 복도를 돌아다녔지만 그를 찾을 수 없었다.

"조금 전에 감방에서 나오는 걸 봤습니다." 한 간수가 말했다. "아마 안뜰에서 서성거리고 있을 겁니다."

그래서 나는 그쪽으로 갔다.

"그 말 없는 사람을 찾으십니까?" 지나가던 다른 간수가 내게 물었다. "저기 누워 있군요—안뜰에서 자고 있습니다. 누운 지 20분도 안 됐습니다."

안뜰은 아주 조용했다. 일반 죄수들은 들어올 수 없는 곳이었다. 놀라울 정도로 두꺼운 주변 벽들이 뒤쪽의 모든 소음을 차단해주었다. 이집트풍의 석조 양식이 주는 음산함이 나를 짓눌렀다. 하지만 발밑에는 갇힌 부드러운 잔디가 자라고 있었다. 마치 영원한 피라미드의 심장부 같았다. 그곳에는 어떤 기이한 마법에 의해, 새들이 떨어뜨린 풀씨가 틈새를 뚫고 싹을 틔운 듯했다.

벽 밑에 기이하게 웅크린 채, 무릎을 세우고 옆으로 누워 차가운 돌에 머리를 대고 있는 수척한 바틀비가 보였다. 하지만 아무런 움직임이 없었다. 나는 멈춰 섰다가 그에게 가까이 다가갔다. 몸을 굽혀 보니 그의 흐릿한 눈은 뜨여 있었다. 그 외에는 깊이 잠든 것 같았다. 무언가에 이끌려 나는 그를 만졌다. 그의 손을 느끼는 순간, 찌릿한 전율이 내 팔을 타고 올라와 척추를 지나 발끝까지 내려갔다.

식사 조달원의 둥근 얼굴이 나를 엿보았다. "점심이 준비됐습니다. 오늘도 식사를 안 하실 건가요? 아니면 식사 없이 사시는 건가요?"

"식사 없이 삽니다." 나는 말하고 그의 눈을 감겨주었다.

"어!—자고 있는 거죠, 안 그렇습니까?"

"왕들과 고문관들과 함께 잠들었네." 나는 중얼거렸다.

이 이야기를 더 진행할 필요는 거의 없을 것 같다. 불쌍한 바틀비의 초라한 장례식은 상상만으로도 충분히 그려질 것이다. 하지만 독자와 헤어지기 전에, 만약 이 짧은 이야기가 바틀비가 누구였는지, 그리고 현재의 화자와 알게 되기 전에는 어떤 삶을 살았는지에 대한 호기심을 불러일으킬 만큼 충분히 흥미로웠다면, 나는 그 호기심에 전적으로 공감하지만 그것을 충족시켜줄 능력은 전혀 없다고 대답할 수밖에 없다. 하지만 여기서 필사원이 사망하고 몇 달 후 내 귀에 들어온 막연한 소문 하나를 밝혀야 할지 말지 고민이 된다. 그 소문이 어떤 근거에 기반한 것인지는 결코 확인할 수 없었기에, 그것이 얼마나 진실인지는 지금도 말할 수 없다. 하지만 이 막연한 보고가 내게는 슬프면서도 기이하게 시사하는 바가 컸기에, 다른 이들에게도 마찬가지일지 모른다. 그래서 짧게 언급하고자 한다. 그 소문은 이렇다. 바틀비가 워싱턴의 '배달 불능 우편물 취급소'(Dead Letter Office)에서 하급 직원이었다가, 행정부의 교체로 갑자기 해고되었다는 것이다. 이 소문을 되새길 때면 내게 엄습하는 감정을 적절히 표현할 길이 없다. 배달 불능 우편물! 죽은 편지들! 그것이 죽은 사람들처럼 들리지 않는가? 천성적으로나 불행으로 인해 창백한 절망에 빠지기 쉬운 사람에게, 이 죽은 편지들을 끊임없이 다루고 불태우기 위해 분류하는 일보다 그 절망을 심화시키는 데 더 적합한 업무가 있겠는가? 매년 수레 가득 그런 편지들이 불태워진다. 때때로 접힌 종이 사이에서 창백한 직원은 반지 하나를 꺼낸다―그 반지가 끼워졌어야 할 손가락은 아마 무덤 속에서 썩어가고 있을 것이다. 가장 시급한 자선으로 보내진 지폐―그것이 구제했어야 할 사람은 더 이상 먹지도 굶주리지도 않는다. 절망 속에 죽어간 이들을 위한 용서, 희망 없이 죽어간 이들을 위한 희망, 구제되지 못한 재난에 숨막혀 죽어간 이들을 위한 기쁜 소식. 생명의 심부름을 띠고 달려온 이 편지들은 죽음을 향해 질주한다.

아, 바틀비여! 아, 인류여!

누군가는 말할 것이다.
"그럴 필요까지는 없었잖아."
"차라리 외면하고, 무시하고, 너만 살아남지 그랬니."

그러나 어떤 선택은 너무나 분명하게, 자기 자신에게 불리한 쪽을 향한다. 그건 이기심의 반대편에 있는 충동, 어쩌면 인간만이 지닌 가장 이상하고 슬픈 능력이다. 바로 스스로를 버릴 수 있는 용기.
이 장에 등장하는 인물들은 자기 안의 어둠과 욕망을 느꼈고, 그것을 피하지 않았다. 때로는 그것에 몸을 맡겼고, 때로는 그것을 끝까지 따라갔다.

그 결단은 영광스럽지 않다. 그 선택은 이해받지 못할 것이다. 그러나 거기엔 무언가 순전한, 비극적으로 아름다운 인간의 본질이 남아 있다.

4부
스스로를 버리는 선택

심술궂은 악령

에드가 앨런 포

인간 영혼의 근본 동력이라 할 수 있는 여러 능력과 충동을 고찰함에 있어, 골상학자들은 하나의 성향을 간과해 왔다. 그것은 분명 근본적이고 원초적이며 더 이상 환원할 수 없는 감정으로 존재함에도 불구하고, 그들 이전의 모든 도덕 철학자들 역시 이를 놓치고 말았다. 우리 모두는 이성의 순전한 오만함 속에서 이를 무시해 왔다. 계시든 카발라(유대 신비주의)든, 믿음이 부족했던 탓에 이 성향의 존재가 우리 감각을 빠져나가도록 방치한 것이다. 이 성향이 존재한다는 생각 자체가 우리 머릿속에 떠오르지 않았던 이유는, 그것이 너무나도 불필요해 보였기 때문이다. 우리는 그런 충동이나 성향의 필요성을 전혀 느끼지 못했다. 그 필연성을 인지할 수 없었던 것이다. 즉, 설령 이 '근본 동력'이라는 개념이 우리 앞에 나타났더라도, 그것이 인류의 현세적 혹은 영원한 목적에 어떻게 기여할 수 있는지 도저히 이해할 수 없었을 것이라는 뜻이다.

골상학을 비롯한 대개의 형이상학들이 '선험적(a priori)'으로 급조되었다는 사실은 부정할 수 없다. 이해력이 뛰어나거나 관찰력이 좋은 사람보다는, 지적이거나 논리적인 사람이 스스로 설계를 구상하고 신에게 목적을 부여하려 들었다. 그렇게 여호와의 의도를 제멋대로 파악한 뒤, 그 의도를 바탕으로 마음의 수많은 체계를 구축한 것이다. 예를 들어

골상학의 경우, 우리는 인간이 먹는 것이 신의 섭리라고 먼저 단정 지었다. 그러고는 인간에게 '식욕'이라는 기관을 할당했다. 이 기관은 신이 인간으로 하여금 원하든 원치 않든 먹게끔 강요하는 채찍과 같다. 둘째로, 종족 번식이 신의 뜻이라고 정한 뒤에는 즉시 '성애'의 기관을 찾아냈다. 투쟁심, 이상성, 인과성, 구성력 등 모든 기관이 마찬가지였다. 그것이 성향이든, 도덕적 감정이든, 순수 지성의 능력이든 말이다. 인간 행동의 원리를 배열함에 있어 스퍼츠하임(골상학자)의 추종자들은, 그것이 부분적으로든 전체적으로든 옳고 그름을 떠나, 그저 선행자들의 발자취를 따랐을 뿐이다. 인간에게 미리 정해진 운명과 창조주의 목적이라는 토대 위에 모든 것을 연역하고 확립한 것이다.

만약 우리가 분류를 해야만 한다면, 신이 인간에게 무엇을 시키려 했는가라는 짐작보다는, 인간이 평소에 혹은 가끔 무엇을 하는가, 그리고 늘 반복해 온 행동이 무엇인가를 바탕으로 분류하는 것이 더 현명하고 안전했을 것이다. 눈에 보이는 신의 피조물조차 이해하지 못하면서, 어떻게 그 피조물을 존재하게 한 신의 헤아릴 수 없는 생각을 이해하겠는가? 객관적인 피조물도 파악하지 못하면서, 어떻게 창조의 본질적인 기분과 양상을 이해할 수 있단 말인가?

후험적(a posteriori)인 귀납법을 따랐다면, 골상학은 인간 행동의 타고난 원초적 원리로서 '심술(perverseness)'이라 부를 수밖에 없는 역설적인 무언가를 인정했을 것이다. 내가 의도하는 의미에서 이것은 사실 '동기 없는 동력'이자 '이유 없는 충동'이다. 이 충동에 이끌려 우리는 이해할 수 없는 목적을 위해 행동한다. 만약 이것이 모순처럼 들린다면, '해서는 안 된다는 바로 그 이유 때문에' 행동하게 만드는 충동이라고 정의를 수정해도 좋다. 이론적으로 이보다 비이성적인 이유는 없겠지만, 현실에서 이보다 강력한 힘은 없다. 특정 조건 아래 어떤 마음들에게 이것은 절대 거부할 수 없는 것이 된다. 내가 숨을 쉬고 있다는 사실만큼이나 확실한 것은, 어떤 행동이 잘못되었거나 오류라는 확신이 종종 우리로 하여금 그 행동을 끝까지 밀어붙이게 만드는 유일하고도 정복할 수 없는 힘이 된다는 점이다. 잘못 그 자체를 위해 잘못을 저지르려는 이 압도적인 경향은 더 이상의 요소로 분석되거나 분해되지 않는다. 그것은 근본적이고 원초적인, 즉 원소와 같은 충동이다.

물론 우리가 해서는 안 된다고 느끼면서도 그 행동을 고집할 때, 그것이 골상학에서 말하는 '투쟁심'의 변형일 뿐이라는 반론이 있을 수 있다. 하지만 조금만 살펴보면 그 생각의 오류가 드러난다. 골상학적 투쟁심의 본질은 자기방어의 필요성이다. 그것은 피해로부터 우리를 지키는 보호막이며,

우리의 안녕을 고려한다. 따라서 투쟁심이 발현될 때는 안녕을 바라는 욕구도 동시에 일어난다. 그러나 내가 '심술'이라 부르는 것의 경우, 안녕에 대한 욕구는커녕 오히려 그와 강하게 대립하는 감정이 존재한다.

결국 방금 언급한 궤변에 대한 가장 좋은 대답은 자신의 마음을 들여다보는 것이다. 자신의 영혼을 신뢰하며 철저히 질문해 본 사람이라면, 이 성향의 근본성을 부정하지 못할 것이다. 그것은 구별되는 만큼이나 이해하기 어렵다. 예를 들어, 에둘러 말함으로써 듣는 사람을 감질나게 하고 싶은 간절한 욕망에 시달려 보지 않은 사람은 없을 것이다. 말하는 이는 자신이 상대방을 불쾌하게 하고 있음을 안다. 원래는 상대의 기분을 맞춰줄 의도가 있었고, 평소에는 간결하고 정확하며 명료하게 말하는 사람이다. 가장 간결하고 명쾌한 언어가 혀끝에서 맴돌고 있으며, 그것을 내뱉지 않으려 간신히 자제하고 있다. 상대방의 화를 두려워하고 경계하면서도, 문장을 꼬고 괄호를 덧붙임으로써 그 화를 돋울 수 있다는 생각이 문득 스친다. 그 생각 하나면 충분하다. 충동은 바람이 되고, 바람은 욕망이 되며, 욕망은 걷잡을 수 없는 갈망이 된다. 그리고 그 갈망은 (말하는 이의 깊은 후회와 굴욕에도 불구하고, 모든 결과를 무시한 채) 기어이 실행되고 만다.

우리 앞에는 빨리 끝내야 할 과업이 있다. 지체하는 것이 파멸임을 안다. 인생의 가장 중요한 위기가 즉각적인 에너지와 행동을 나팔 소리처럼 쟁쟁하게 요구한다. 우리는 일을 시작하고 싶은 열망으로 달아오르고, 그 영광스러운 결과를 고대하며 영혼 전체가 불타오른다. 그것은 반드시 오늘 착수해야만 한다. 그런데도 우리는 내일로 미룬다. 왜일까? 그 원리를 이해하지 못한 채 그저 '심술이 난다'는 말 외에는 답이 없다. 내일이 오면 의무를 다해야 한다는 더 초조한 불안이 찾아오지만, 그 불안의 증가와 함께 지체하고 싶다는, 이름 붙일 수 없고 실로 두려운, 심연처럼 깊은 갈망이 함께 찾아온다. 시간이 흐를수록 이 갈망은 힘을 얻는다. 행동해야 할 마지막 시간이 다가온다. 우리는 내면의 격렬한 갈등, 즉 구체적인 것과 막연한 것, 실체와 그림자의 싸움에 몸을 떤다. 하지만 싸움이 여기까지 진행되었다면 승리하는 것은 그림자다. 우리는 헛되이 몸부림칠 뿐이다. 시계가 울리고, 그것은 우리 안녕의 조종(弔鐘)이 된다. 동시에 그것은 오랫동안 우리를 위협해 온 유령에게는 새벽을 알리는 수탉의 울음소리가 된다. 유령은 날아가 사라지고, 우리는 자유로워진다. 예전의 에너지가 돌아온다. 이제 일하려 하지만, 아아, 이미 너무 늦었다!

우리는 벼랑 끝에 서 있다. 심연을 들여다본다. 속이 메

스껍고 어지럽다. 우리의 첫 번째 충동은 위험으로부터 물러나는 것이다. 하지만 알 수 없는 이유로 우리는 그 자리에 머문다. 서서히 메스꺼움과 어지러움, 공포는 이름 모를 감정의 구름 속으로 녹아든다. 〈아라비안 나이트〉의 병 속에서 연기가 피어올라 거인이 되듯, 이 구름은 더욱 감지할 수 없는 단계를 거쳐 형상을 갖춘다. 벼랑 끝의 구름 속에서 실체를 드러내는 그 형상은 이야기 속의 어떤 거인이나 악마보다 훨씬 끔찍하다. 그것은 단지 하나의 '생각'일 뿐이지만, 뼛속까지 시리게 만드는 격렬한 공포의 희열을 담은 두려운 생각이다. 그것은 바로 저 높은 곳에서 떨어질 때 우리가 느끼게 될 감각에 대한 상상이다. 그리고 이 추락, 이 급작스러운 파멸은—그것이 우리 상상 속에 존재하는 모든 죽음과 고통의 이미지 중 가장 소름 끼치고 혐오스러운 이미지를 담고 있다는 바로 그 이유 때문에—우리가 지금 가장 생생하게 갈망하는 것이 된다. 이성이 우리를 벼랑 끝에서 격렬하게 떼어놓으려 하기 때문에, 우리는 더욱 맹렬하게 그곳으로 다가간다. 벼랑 끝에서 떨며 뛰어내릴 것을 명상하는 자의 그 악마적인 조급함만큼 자연계에 존재하지 않는 격정은 없다. 잠시라도 생각을 시도하는 것은 필연적으로 파멸하는 길이다. 성찰은 우리에게 참으라고 재촉할 뿐이며, 그렇기에 우리는 참을 수 없게 되는 것이다. 우리를 붙잡아 줄 우호적인 팔이 없거나, 심연으로부터 뒤로 몸을 던지려는 갑작스러운 노력이 실패한다면, 우리는 뛰어내려 파멸하고 만다.

이러한 행동들을 아무리 조사해 보아도, 그것이 오직 '심술궂은 악령'으로부터 비롯된 것임을 알게 될 뿐이다. 우리는 해서는 안 된다고 느끼기 때문에 그 일을 저지른다. 이 너머에 혹은 이 이면에 이해 가능한 원리는 존재하지 않는다. 만약 이 심술이 가끔 선을 도모하는 데 작용한다는 사실이 알려지지 않았다면, 우리는 이것을 사탄의 직접적인 사주라고 여겼을지도 모른다.

내가 이토록 길게 말한 것은 당신의 질문에 어느 정도 답하기 위해서다. 내가 왜 여기 있는지, 왜 내가 이 쇠사슬을 차고 사형수의 감방에 갇혀 있는지에 대해 적어도 원인처럼 보이는 무언가를 설명하기 위해서다. 내가 이렇게 장황하게 늘어놓지 않았다면, 당신은 나를 완전히 오해하거나 여느 사람들처럼 나를 미치광이로 여겼을 것이다. 이제 당신은 내가 '심술궂은 악령'에게 희생된 수많은 사람 중 한 명임을 쉽게 깨닫게 될 것이다.

그 어떤 일도 이보다 더 철저한 계획 하에 이루어질 수는 없었을 것이다. 몇 주, 몇 달 동안 나는 살해 방법을 고민했다. 발각될 가능성이 있는 수천 가지 계획을 거부했다. 그러다 마침내 어떤 프랑스 회고록에서, 우연히 독이 묻은 양초 때문에 필로 부인이 치명적인 병에 걸렸다는 기록을 읽게 되었다. 그 아이디어가 즉시 내 마음을 사로잡았다. 나는 희생자가 침대에서 책을 읽는 습관이 있다는 것을 알았다. 또한 그의 방이 좁고 환기가 잘 안 된다는 것도 알았다. 구태여 불필요한 세부 사항으로 당신을 괴롭히지는 않겠다. 내가 직접 만든 밀초를 원래 있던 것과 바꿔치기한 그 손쉬운 수법을 설명할 필요도 없을 것이다. 다음 날 아침 그는 침대에서 죽은 채 발견되었고, 검시관의 판결은 '하느님의 섭리에 의한 죽음(자연사)'이었다.

그의 재산을 상속받은 뒤, 수년 동안 모든 것이 순조로웠다. 발각될 것이라는 생각은 단 한 번도 머릿속에 들어오지 않았다. 치명적이었던 양초의 잔해는 내가 직접 조심스럽게 처리했다. 나를 범인으로 단정 짓거나 의심할 만한 단서의 그림자조차 남기지 않았다. 나의 완벽한 안전을 되새길 때마다 가슴속에서 얼마나 풍요로운 만족감이 솟구쳤는지 모른다. 아주 오랜 시간 동안 나는 이 감정에 젖어 살았다. 그것은 나의 죄로 얻은 그 어떤 세속적인 이득보다 더 진실한 기쁨을 주었다. 하지만 마침내 어떤 시점이 찾아왔고, 그 즐거웠던 감정은 감지할 수 없을 만큼 서서히 나를 괴롭히고 쫓아다니는 생각으로 변해갔다. 그것은 나를 따라다녔기에 나를 괴롭혔다. 단 한 순간도 그 생각에서 벗어날 수 없었다.

평범한 노래의 후렴구나 오페라의 인상적이지 않은 구절이 귓가에, 아니 기억 속에 맴돌며 우리를 성가시게 하는 것은 흔한 일이다. 그 노래가 훌륭하든 오페라 곡조가 뛰어나든 고통스럽기는 마찬가지다. 이와 같은 방식으로, 나는 결국 내가 안전하다는 사실을 끊임없이 되새기며 낮은 목소리로 "나는 안전하다"라는 문구를 중얼거리는 자신을 발견하게 되었다.

어느 날 거리를 거닐다가, 나는 습관적인 그 문구들을 반쯤 소리 내어 중얼거리는 나 자신을 멈춰 세웠다. 홧김에 나는 그 문장을 이렇게 고쳐 보았다. "나는 안전하다—나는 안전하다—그래, 내가 공개적으로 자백할 만큼 바보짓만 안 한다면!"

그 말을 내뱉자마자 심장이 얼어붙는 듯한 한기를 느꼈다. 나는 이미 (설명하기 위해 애썼던) 그 심술궂은 발작을 경험한 적이 있었고, 그 공격을 성공적으로 막아낸 적이 단 한 번도 없었음을 잘 기억하고 있었다. 그리고 이제, 내가 저지른 살인을 자백할 만큼 바보가 될지도 모른다는 우발적인 자기 암시가, 마치 내가 죽인 이의 유령처럼 내 앞에 나타나 나를 죽음으로 손짓하고 있었다.

처음에는 이 영혼의 악몽을 떨쳐버리려 애썼다. 힘차게 걸었고, 더 빨리, 마침내 달리기 시작했다. 소리를 지르고 싶은 미칠 듯한 욕망을 느꼈다. 뒤이어 밀려오는 생각의 파도마다 새로운 공포로 나를 압도했다. 아아! 나의 상황에서 생각한다는 것은 곧 파멸임을 너무나도 잘 알고 있었기 때문이다. 나는 더욱 속도를 높였다. 미친 사람처럼 인파가 붐비는 대로를 가로질러 뛰었다. 마침내 사람들이 겁에 질려 나를 뒤쫓기 시작했다. 그때 나는 내 운명이 완성되었음을 느꼈다. 혀를 뽑아버릴 수만 있다면 그렇게 했을 것이다. 하지만 거친 목소리가 귓가에 울렸고, 더 거친 손길이 내 어깨를 낚아챘다. 나는 뒤를 돌아보며 숨을 헐떡였다. 순간 질식할 것 같은 고통을 느꼈고, 눈이 멀고 귀가 먹먹하며 어지러웠다. 그때 어떤 보이지 않는 악마가 넓은 손바닥으로 내 등을 내리친 것 같았다. 오랫동안 갇혀 있던 비밀이 내 영혼에서 터져 나왔다.

사람들은 내가 아주 또박또박한 발음으로, 하지만 교수대와 지옥으로 나를 인도할 그 짧고도 의미심장한 문장들을 끝내기 전에 누군가 방해할까 두려워하는 듯, 유난히 강조하며 열정적이고 급하게 말했다고 한다.

사법적 유죄 판결에 필요한 모든 것을 진술한 뒤, 나는 정신을 잃고 쓰러졌다.

하지만 더 말해 무엇하겠는가? 오늘 나는 이 사슬을 차고 여기 있다! 내일이면 나는 사슬을 벗게 될 것이다!—하지만 어디로 가게 될 것인가?

사람에게는 얼마만큼의 땅이 필요한가

레프 톨스토이

1

큰언니가 시골에 사는 동생을 찾아왔다. 큰언니는 도시에서 상인과 결혼했고, 동생은 마을의 한 소작농과 결혼했다. 두 자매는 차를 마시며 이런저런 이야기꽃을 피우고 있었는데, 큰언니는 도시 생활의 장점에 대해 자랑하기 시작했다. 얼마나 편안하게 사는지, 옷은 얼마나 잘 입는지, 아이들은 얼마나 잘 차려입히는지, 먹고 마시는 것은 얼마나 좋은지, 그리고 극장·산책길·유흥에도 다닌다고 이야기했다.

이에 동생은 기분이 상해 상인의 삶을 경멸하며 소작농의 삶을 옹호했다.

"언니의 삶을 내 삶과 바꾸고 싶지 않아. 우리는 거칠게 살긴 하지만, 적어도 걱정이 없어. 언니네는 더 좋은 생활을 하지만, 때론 필요 이상으로 벌면서도 결국 가진 걸 모두 잃을 수도 있지. 그 속담 알잖아, '잃음과 얻음은 쌍둥이 형제'라고. 부자였던 사람들이 다음 날은 빵을 구걸할 수도 있어. 우리 삶이 더 안전해. 소작농의 삶은 풍족하지 않지만 길어. 절대 부자가 되진 않겠지만 늘 먹고살 건 있어."

큰언니는 비웃으며 말했다.

"먹고산다고? 그래, 돼지랑 송아지랑 나눠먹을 정도라면! 우아함이나 예절은 뭔지 알고나 있어? 네 남편이 아무리 열심히 일해도, 넌 거름 더미 위에서 살다 죽을 거고, 너희 아이들도 똑같이 살다 죽을 거야."

"그래서 어쩌라고?" 동생이 대답했다.

"물론 우리 삶은 거칠고 투박하지. 하지만 그건 확실해. 우리에겐 누구에게도 굽힐 필요가 없어. 반면 언니네 도시는 유혹으로 가득해. 오늘은 괜찮아 보여도, 내일은 악마가 언니 남편에게 카드나 술, 여자 같은 걸로 유혹을 던질지도 몰라. 그리고 나면 모든 게 무너지는 거지. 그런 일들 자주 일어나지 않아?"

그 집의 가장인 파홈이 난로 위에 누워 있었는데, 여인네들의 수다를 듣고 있었다.

'정말 그렇군.' 그는 생각했다.

'어릴 적부터 대지와 씨름하며 살아온 우리 소작농은 머릿속에 잡다한 생각을 스며들게 할 틈이 없어. 우리의 유일한 고민은 땅이 충분치 않다는 거야. 만약 땅이 넉넉하다면, 나도 악마조차 두려워하지 않을 텐데!'

여인들은 차를 마시며 옷 얘기를 조금 더 하고는 차도구를 치웠다. 그리고 잠자리에 들었다.

그런데 악마는 난로 뒤에 앉아 그 모든 이야기를 다 들은 상태였다.

그는 소작농 아내가 남편을 자극해 자랑을 하게 만들고, 그가 '무서운 악마도 땅이 많으면 두렵지 않다'고 말한 걸 듣고 즐거워했다.

'좋아,' 악마는 생각했다.

'한판 붙어보자. 내가 너에게 넉넉한 땅을 주겠다. 그리고 그 땅으로 너를 내 손아귀에 넣어 버리겠어.'

2

마을 근처에 작은 지주 아가씨가 살고 있었는데, 그녀는 약 300에이커 정도의 땅을 소유하고 있었다. 그 지주 아가씨는 예전엔 소작농들과 늘 사이좋게 지냈다. 하지만 어느 날 늙은 군인 출신 집사를 고용하면서 상황이 달라졌다. 그 집사는 사람들에게 벌금을 잔뜩 물리는 버릇이 있었다.

파홈은 집사에게 잘못 들지 않기 위해 조심했지만, 일이 자꾸 생겼다.

어느 날은 그의 말이 아가씨의 귀리밭에 들어갔고, 또 어

느 날은 그의 소가 정원으로 들어갔다. 그리고 또 다른 날에
는 그의 송아지들이 목초지를 막 들어가 버렸다. 그때마다
그는 벌금을 물어야 했다.

파홈은 벌금을 냈지만, 불만이 가득했다. 화가 난 채 집
으로 돌아오면 가족들에게 거칠게 굴었다. 그 여름 내내 그
는 집사 때문에 많은 괴로움을 겪었다. 소들이 목초지에서
풀을 뜯을 수 없게 된 겨울이 오자, 그는 그나마 안심이 되었
다. 비록 가축들이 목초지에서 풀을 뜯을 수 없다는 이유로
사료를 주기 위해 곡식에서 먹이를 떼어 써야 해서 마음은
쓰렸지만, 적어도 걱정은 조금 줄어들었다.

겨울이 지나자 그 아가씨가 땅을 팔려 한다는 소문이 마
을에 퍼졌다. 그리고 그 땅을 고속도로에 있는 여관 주인이
사려고 한다는 이야기도 들렸다. 소작농들은 몹시 불안해했
다.

'음….' 그들은 생각했다.

'여관 주인이 그 땅을 사면 집사보다 더 심하게 우리에게
벌금을 물릴 거야. 우리 삶이 그 땅에 달려 있어. 우리가 모
두 그 땅에 의존하고 있잖아.'

그래서 소작농들은 온 마을을 대표해 아가씨에게 가서
부탁했다.

'그 땅을 여관 주인에게 팔지 말아주세요. 우리에게 팔아

주세요. 더 좋은 가격을 드릴게요.'

그 아가씨는 그들의 제안을 받아들였다.

그 뒤 소작농들은 마을 사람들이 공동으로 그 땅을 사서 공유하려 했다. 두 번이나 모여 의논했지만 합의가 되지 않았다. 악마가 그들 사이에 불화를 심었기 때문이다. 결국 그들은 각자 자기 형편에 따라 땅을 사기로 결정했다. 아가씨도 이를 받아들였다.

얼마 뒤 파홈은 이웃이 50에이커를 사 가는 걸 들었다. 아가씨는 현금 절반을 받고, 나머지는 1년 뒤 지불하겠다는 조건을 받아들였다. 이에 파홈은 질투를 느꼈다.

'봐라,' 그는 생각했다.

'땅이 모두 팔리고 있는데, 나는 하나도 못 사잖아.'

그래서 그는 아내에게 말했다.

"다른 사람들도 땅을 사가고 있어. 우리도 20에이커쯤은 사야 해. 이대로는 못 살겠다. 그 집사가 우리를 벌금으로 짓누르고 있어."

그들은 머리를 맞대고 어떻게 돈을 마련해 땅을 살지 궁리했다. 그들은 100루블을 저축해 두고 있었다. 그들은 한 마리 새끼 말을 팔고, 벌통의 반을 팔았다. 아들 중 한 명을 일꾼으로 다른 집에 보내고, 그의 임금을 미리 받아 왔다. 부족한 돈은 처남에게 빌렸다. 그렇게 해서 그들은 매매 대금의 절반을 마련했다.

파홈은 40에이커짜리 농지를 골라 아가씨에게 거래하자고 말했다. 그들은 가격에 합의했고, 그는 계약금을 지불했다. 그리고 도시에 가서 계약서에 서명했다. 그는 대금의 절반을 현금으로 치렀고, 나머지는 2년 안에 갚기로 했다.

이제 파홈에게도 자기 땅이 생겼다. 그는 씨앗을 빌려 와 땅에 뿌렸다. 첫 수확이 풍성했다. 1년 만에 아가씨와 처남에게 진 빚을 모두 갚았다. 이제 그는 자신 소유의 땅을 갈고 씨를 뿌리고, 그곳에서 건초를 만들고, 나무를 베며, 가축을 기를 수 있게 되었다.

그가 들판을 갈거나 곡식이 자라는 걸 보러 나갈 때, 그의 마음은 기쁨으로 가득했다. 그 땅에서 자라는 풀과 피어나는 꽃들은 어디서 자라는 것과는 확연히 달라 보였다. 이전에는 그 땅이 다른 땅과 똑같아 보였지만, 이제는 완전히 특별하게 보였다.

3

그래서 파홈은 매우 만족했고, 모든 것이 잘 풀렸다. 단, 이웃 농부들이 그의 곡식밭과 초지에 침입해 들어오는 일이 없었다면 말이다. 그는 정중하게 호소해 보았지만 소용없었다. 마을 공동체의 목동이 소를 그의 초지에 풀어놓기도 하고, 밤중의 말떼가 그의 밭으로 들어오기도 했다. 파홈은 그 가축들을 계속 쫓아내며 주인을 용서했지만, 한동안은 누구도 고발하지 않았다. 그러나 결국 그는 인내심을 잃고 지방 법원에 고소장을 제출했다. 그는 이웃 농부들이 악의로 그런 행동을 한 것이 아니라, 단지 땅이 부족하기 때문이라는 걸 알았지만, 그는 이렇게 생각했다.

"계속 눈감아줄 수만은 없어. 안 그러면 내가 가진 걸 다 망쳐 놓겠지. 이젠 본때를 보여줘야 해."

그래서 그는 그들을 고발했고, 몇 명의 농부들은 벌금을 물게 되었다. 그 일이 있고 나서부터, 이웃들은 파홈을 껄끄럽게 여기기 시작했고, 일부러 그의 땅에 가축을 몰아넣기도 했다. 어떤 농부는 심지어 밤에 몰래 그의 숲에 들어와 어린 린든나무 다섯 그루를 껍질 벗기려고 베어냈다. 파홈은 숲을 지나가다가 하얗게 벗겨진 나무등치를 발견했고, 가까이 가 보니 잘려 누운 줄기들과 곁의 그루터기들을 보았다. 파홈은 몹시 분노했다.

"하나쯤 베어갔다면 참을 수도 있었겠지만, 이 놈은 한 무더기를 송두리째 베어냈잖아. 도대체 누가 한 짓이야? 꼭 밝혀내고 말겠어."

그는 범인이 누군지 골똘히 생각했고, 결국 이렇게 결론 지었다.

"분명 시몬이야. 그 자 말고는 없어."

그는 시몬의 집을 살펴보러 갔지만 아무런 증거도 찾지 못했고, 그저 언쟁만 벌이다 돌아왔다. 하지만 그는 점점 더 시몬이 범인이라는 확신이 들었고, 마침내 고소를 진행했다. 시몬은 법정에 출두했다. 사건은 재판과 재심까지 이어졌고, 결국 증거 불충분으로 시몬은 무죄 판결을 받았다. 파홈은 더 깊은 억울함에 휩싸였고, 촌장과 판사들에게까지 화풀이를 했다.

"도둑놈들한테 뇌물이나 받아먹고 있지! 너희가 정직한 사람들이었으면 이런 도둑을 그냥 놔두진 않았을 거야!"

결국 파홈은 재판관들과도 틀어졌고, 이웃들과도 다퉜다. "저 놈 집에 불 질러버리겠다"는 협박도 들려오기 시작했다. 그리하여 파홈은 땅은 더 많이 가지게 되었지만, 공동체 안에서의 입지는 예전보다 훨씬 더 나빠졌다.

그 무렵, 많은 이들이 새 땅을 찾아 떠나고 있다는 소문이 돌았다.

"나는 지금 내 땅이 있으니까 굳이 떠날 필요는 없어. 그런데 다른 사람들이 마을을 떠난다면 남는 땅을 내가 사들이면 되겠지. 그래서 내 소유지를 좀 더 넓히면 훨씬 여유롭게 살 수 있을 거야. 지금은 여전히 너무 비좁아."

어느 날, 파홈이 집에 앉아 있었는데 한 농부가 마을을 지나가다 들렀다. 하룻밤을 재워주고 저녁식사도 대접했다. 파홈은 그와 이야기를 나누며 어디서 왔는지 물었다. 그는 볼가강 건너편에서 일하고 돌아오는 길이라고 했다.

이야기가 길어지자 그 농부는, 그 지역으로 이주한 사람들이 많은 땅을 받아 잘 살고 있다고 전했다. 그들은 공동체에 가입해 1인당 25에이커씩 할당받았고, 돈이 있는 사람은 1에이커당 50코펙에 사유지도 마음껏 살 수 있었다.

"그 땅이 얼마나 좋은지 몰라요. 호밀은 말 등짝까지 자라고, 낫질 다섯 번이면 단이 될 정도로 빽빽하죠. 맨손으로 이주했던 사람이 지금은 말 여섯 마리에 소 두 마리를 키우고 있어요."

파홈의 마음은 불타올랐다.

"왜 내가 여기서 이렇게 답답하게 살아야 해? 가진 땅과 집을 다 팔아서 저기로 가면 되잖아. 새로 시작해서 새로 땅을 사고 집을 지으면 되는 거야. 여긴 너무 사람도 많고 시끄럽고 항상 다툼이 생기니까 말이지. 그래도 일단은 직접 가서 눈으로 확인해 봐야지."

그는 여름 무렵 준비를 마치고 출발했다. 배를 타고 사마라까지 간 뒤, 도보로 300마일 이상을 걸었고, 마침내 그곳에 도착했다.

정말 그 낯선 농부가 말한 그대로였다. 그 지역의 농부들은 모두 1인당 25에이커의 공유지를 배정받았고, 돈만 있다면 1에이커당 50코펙으로 사유지도 넉넉히 살 수 있었다.

파홈은 필요한 정보를 모두 얻은 뒤 가을에 집으로 돌아와 자신의 땅, 집, 가축을 모두 팔았다. 그리고 공동체에서도 탈퇴했다.

그는 봄이 오기를 기다렸다가, 가족과 함께 새 정착지로 떠났다.

4

파홈과 그의 가족이 새 거처에 도착하자마자, 그는 큰 마을 공동체에 가입을 신청했다. 그는 장로들에게 대접을 베풀어 필요한 서류를 얻었다. 자신과 아들들을 위해 공동체 토지 다섯 몫이 배정되었는데, 이는 하나로 이어진 땅이 아니라 여러 필지로 나뉜 총 125에이커였으며, 이와 더불어 공동 초지의 이용권도 주어졌다. 파홈은 필요한 건물을 세우고 가축을 샀다. 공동체 토지만 놓고 보아도 이전 고향에서보다 세 배는 넓었고, 그 땅은 곡식을 재배하기에 훌륭한 토지였다. 그는 예전보다 열 배는 더 나은 형편이 되었다. 경작지와 방목지가 넉넉해 원하는 만큼 가축을 기를 수 있었다.

처음에는 집을 짓고 정착하느라 분주한 가운데 모든 것이 만족스러웠다. 그러나 생활에 익숙해지자, 그는 이곳에서도 여전히 땅이 충분하지 않다고 느끼기 시작했다. 첫해에는 공동체 토지 몫에 밀을 심었고, 수확은 좋았다. 그는 계속 밀을 재배하고 싶었지만, 공동체 토지만으로는 부족했고 이미 사용한 땅은 다시 쓸 수 없었다. 그 지방에서는 밀이 오직 새로 개간한 땅이나 묵혀 둔 땅에만 심어졌기 때문이다.

밀은 한두 해 동안 재배한 뒤 다시 초원 풀이 무성해질 때까지 땅을 쉬게 두어야 했다. 이런 땅을 원하는 사람은 많았으나 모두에게 충분하지 않아 다툼이 잦았다. 형편이 나은 사람들은 밀을 심기 위해 그런 땅을 원했고, 가난한 사람들은 세금을 낼 돈을 마련하기 위해 장사꾼에게 땅을 빌려주려 했다.

파홈은 밀을 더 심고 싶었기에 장사꾼에게서 1년 동안 땅을 빌렸다. 그는 많은 밀을 심어 훌륭한 수확을 얻었지만, 그 땅은 마을에서 너무 멀리 떨어져 있어 밀을 수레로 10마일 이상 실어 날라야 했다. 시간이 지나자 파홈은 몇몇 농민 겸 장사꾼들이 따로 떨어진 농가에서 살며 점점 부유해지는 모습을 보게 되었고, 그는 이렇게 생각했다. 사유지를 사서 그 위에 집을 지을 수만 있다면 모든 것이 전혀 달라질 것이며, 그 경우 모든 것이 한데 모여 훨씬 단정하고 편리해질 것이라고.

사유지를 사야겠다는 생각은 그에게서 좀처럼 떠나지 않았다. 그는 그렇게 3년 동안 계속해서 땅을 빌려 밀을 재배했다. 해마다 계절은 순조로웠고 수확도 좋았기에 돈을 모을 수 있었다. 그는 그대로 만족하며 살 수도 있었겠지만, 매년 남의 땅을 빌려야 하고 그것을 얻기 위해 다투어야 하는 일이 점점 견디기 힘들어졌다. 좋은 땅이 있다는 소문이 돌면 농민들이 몰려들어 즉시 차지해 버렸고, 재빠르지 않으면 아무것도 얻지 못했다.

셋째 해에는 파홈이 장사꾼과 함께 어떤 농민들에게서 초지를 빌렸는데, 이미 밭을 갈아 놓은 뒤에 분쟁이 생겨 소송으로 번졌고, 그 결과 모든 노동이 헛수고가 되고 말았다. 파홈은 생각했다. 이것이 내 땅이었다면 나는 독립적으로 일할 수 있었을 것이고 이런 불쾌한 일도 없었을 텐데.

그래서 파홈은 살 수 있는 땅을 찾아다니기 시작했다. 그러던 중 1,300에이커의 땅을 샀다가 곤경에 빠져 그것을 싸게 다시 팔려는 농민을 만났다. 파홈은 끈질기게 흥정을 벌였고, 마침내 가격을 1,500루블로 정했다. 일부는 현금으로 지불하고, 나머지는 나중에 지불하기로 했다. 거의 계약이 성사되려던 때, 어느 날 우연히 지나가던 장사꾼이 말을 먹이기 위해 파홈의 집에 들렀다. 그는 파홈과 차를 마시며 이야기를 나누었는데, 자신이 막 먼 바시키르족의 땅에서 돌아오는 길이라고 말했다. 그곳에서 그는 무려 13,000에이커의 땅을 단돈 1,000루블에 샀다고 했다.

5

파홈은 그곳으로 가는 방법을 물었고, 장사꾼이 떠나자마자 곧바로 직접 그곳으로 갈 준비를 했다. 그는 아내에게 집을 맡기고 하인을 데리고 길을 떠났다. 도중에 한 도시에 들러, 장사꾼이 일러준 대로 차 한 상자와 포도주 몇 병, 그리고 여러 가지 선물을 샀다. 그렇게 계속 가서 삼백 마일이 넘는 거리를 지나, 일곱째 날에 바시키르족이 천막을 치고 사는 곳에 도착했다. 모든 것이 장사꾼의 말과 꼭 같았다. 사람들은 강가의 초원 지대에서 펠트로 덮은 천막에 살고 있었다. 그들은 땅을 갈지도 않았고 빵도 먹지 않았다. 소와 말은 떼를 지어 초원에서 풀을 뜯었다. 망아지들은 천막 뒤에 매어 두었고, 암말들은 하루에 두 번씩 그곳으로 몰아왔다. 암말의 젖을 짜서 쿠미스를 만들었고, 쿠미스를 만드는 일은 여자들의 몫이었으며 치즈도 그들이 만들었다. 남자들은 쿠미스와 차를 마시고, 양고기를 먹고, 피리를 불며 노는 것 외에는 아무 관심도 없었다. 그들은 모두 체격이 좋고 명랑했으며, 여름 내내 일을 해야겠다는 생각을 전혀 하지 않았다. 그들은 몹시 무지했고 러시아어도 전혀 몰랐지만, 성정은 순한 편이었다.

　그들이 파홈을 보자마자 천막에서 나와 손님 주위로 모여들었다. 통역이 한 사람 불려왔고, 파홈은 자신이 땅 문제로 왔다고 말했다. 바시키르족은 매우 기뻐하는 듯했고, 파홈을 데리고 가장 좋은 천막 중 하나로 안내했다. 그곳에서 그들은 카펫 위에 놓인 솜방석에 파홈을 앉히고, 자신들은 그 둘레에 둘러앉았다. 그들은 차와 쿠미스를 내왔고, 양 한 마리를 잡아 고기를 먹게 했다. 파홈은 수레에서 선물을 꺼내 바시키르족에게 나누어 주고, 차도 함께 나누었다. 바시키르족은 크게 기뻐했다. 그들은 서로 많은 이야기를 나눈 뒤, 통역에게 번역하라고 했다.

　"그들은." 통역이 말했다, "당신을 매우 마음에 들어 하며, 손님을 기쁘게 하고 선물에 보답하는 것이 우리 풍습이라고 말하고 있습니다. 당신이 우리에게 선물을 주었으니, 이제 우리가 가진 것 가운데 무엇이 가장 마음에 드는지 말해 주면, 그것을 당신께 드리겠다고 합니다."

　"이곳에서 내 마음에 가장 드는 것은." 파홈이 대답했다, "당신들의 땅입니다. 우리 쪽 땅은 사람이 너무 많고 토양도 메말랐습니다. 하지만 당신들은 땅이 넉넉하고, 그 땅은 아주 좋은 땅입니다. 이런 땅은 본 적이 없습니다."

　통역이 이를 옮겼다. 바시키르족은 잠시 서로 이야기를

나누었다. 파홈은 그들이 무슨 말을 하는지 알 수 없었지만, 몹시 재미있어하며 소리를 지르고 웃고 있다는 것은 알 수 있었다. 그러다 그들은 잠잠해졌고, 통역이 말하는 동안 파홈을 바라보았다.

"그들은." 통역이 말했다, "당신의 선물에 대한 보답으로, 당신이 원하는 만큼의 땅을 기꺼이 주겠다고 합니다. 손으로 가리키기만 하면 그 땅은 당신 것이 된다고 합니다."

바시키르족은 다시 한동안 이야기를 나누다가 논쟁을 벌이기 시작했다. 파홈이 무엇을 두고 다투는 것이냐고 묻자, 통역은 그들 가운데 일부는 족장이 없는 사이에 일을 처리하지 말고 땅 문제를 족장에게 먼저 물어야 한다고 생각하는 반면, 다른 이들은 그의 귀환을 기다릴 필요가 없다고 생각한다고 전해 주었다.

6

바시키르족이 서로 다투고 있을 때, 여우 가죽 모자를 쓴 한 사내가 등장했다. 모두가 즉시 조용해지며 자리에서 일어섰다. 통역이 말했다.

"이분이 바로 우리 족장이십니다."

파홈은 곧장 가장 좋은 비단 로브와 차 다섯 파운드를 꺼내어 족장에게 바쳤다. 족장은 그것을 받아들고, 귀빈 자리에 앉았다. 바시키르족은 곧장 족장에게 무언가를 말하기 시작했다. 족장은 잠시 듣다가 고개로 조용히 하라는 신호를 보냈고, 파홈을 향해 러시아어로 말했다.

"좋소, 그렇게 하시오. 원하는 땅을 마음대로 고르시오. 우리에겐 땅이 넉넉하오."

"어떻게 마음대로 가져갈 수 있다는 말이지?" 파홈은 생각했다. "문서를 받아 둬야 안전하지, 그렇지 않으면 '당신 거요' 해놓고 나중에 빼앗아 갈지도 몰라."

파홈은 큰 소리로 말했다.

"친절한 말씀 감사합니다. 당신들에겐 땅이 많지만, 저는 조금만 있으면 됩니다. 하지만 어느 구역이 제 것인지 확실히 해 두고 싶습니다. 생사여탈은 주님의 손에 달린 것이니, 당신들이 선의로 주시더라도 자식들이 나중에 뺏으려 들수도 있지 않겠습니까?"

"맞는 말이오." 족장이 대답했다. "우리가 공식적으로 넘겨주도록 하겠소."

"전에 한 장사꾼이 여기 왔다는 이야기를 들었습니다."

파홈은 말을 이었다. "그에게도 땅을 주고 문서를 써 주셨다고요. 저도 그렇게 해 주셨으면 합니다."

족장은 그 말을 이해했다.

"그렇소." 그는 말했다. "그건 아주 쉬운 일이오. 우리에겐 서기를 두고 있으니, 함께 읍내로 나가 문서를 제대로 봉인해 드리지요."

"그럼, 가격은 어떻게 됩니까?" 파홈이 물었다.

"우린 늘 똑같이 받소. 하루에 천 루블이오."

파홈은 이해하지 못했다.

"하루라고요? 그건 어떤 단위입니까? 에이커로 따지면 얼마나 되는 겁니까?"

"우린 그런 계산법을 모르오." 족장이 말했다. "우린 하루치로 땅을 팝니다. 하루 동안 당신 두 발로 돌아다닐 수 있는 만큼의 땅이 전부 당신 것이고, 가격은 하루에 천 루블이오."

파홈은 놀랐다.

"하루 만에 아주 넓은 땅을 돌아볼 수도 있을 텐데요." 그가 말했다.

족장이 웃었다.

"전부 당신 것이 될 거요!" 그가 말했다. "하지만 조건이 하나 있소. 출발한 그 자리로 해가 지기 전까지 돌아오지 못하면, 돈은 날리는 거요."

"그럼, 지나온 길은 어떻게 표시합니까?"

"우리가 당신이 원하는 지점까지 가서 거기서 기다리겠소. 거기서 출발해 삽을 들고 코스를 돌아야 하오. 필요한 곳마다 표시를 하시오. 방향을 바꿀 때마다 구덩이를 파고 흙을 쌓아두시오. 나중에 우리가 쟁기로 구덩이에서 구덩이로 가며 선을 그을 것이오. 얼마만큼 넓게 돌아도 상관없지만, 해가 지기 전에는 반드시 출발 지점으로 돌아와야 하오. 그리하여 당신이 돌았던 땅은 모두 당신의 것이 되는 거요."

파홈은 기뻐 어쩔 줄 몰랐다. 다음 날 아침 일찍 출발하기로 결정되었다. 그들은 잠시 더 이야기하다가 쿠미스를 좀 더 마시고, 양고기도 더 먹고, 차까지 한 번 더 마신 뒤에 밤이 찾아왔다. 바시키르족은 파홈에게 깃털 이불을 깔아 잠자리를 마련해 주었고, 그들은 흩어져 잠자리에 들었다. 다음 날 새벽에 다시 모여 해 뜨기 전 그 지점으로 함께 갈 것을 약속하며.

7

파홈은 깃털 이불 위에 누웠지만 좀처럼 잠을 이룰 수 없었다. 그의 머릿속은 온통 땅 생각뿐이었다.

'엄청나게 넓은 땅을 표시할 수 있을 거야!' 그가 생각했다. '하루에 35마일쯤은 거뜬히 걸을 수 있어. 지금은 해도 길고, 그만큼 돌아서 표시한다면 엄청난 땅이 내 것이 되겠지! 안 좋은 땅은 팔거나 농민들에게 세를 주고, 제일 좋은 곳만 골라서 농사 지어야지. 소 두 마리씩 든 쟁기 두 세트를 사고, 일꾼도 두 명쯤 더 들이고, 밭은 150에이커쯤 만들고 나머지는 가축 방목장으로 써야겠어.'

파홈은 밤새 뒤척이다가, 해 뜨기 직전이 되어서야 잠깐 눈을 붙였다. 막 눈을 감은 그때, 꿈을 꾸기 시작했다. 자신이 그 텐트 안에 누워 있는데, 바깥에서 누군가 키득거리는 소리가 들렸다. 누군지 궁금해져서 그는 일어나 밖으로 나갔다. 그러자 바시키르 족장이 텐트 앞에 앉아 옆구리를 잡고 웃고 있었다. 파홈이 가까이 다가가 "무엇 때문에 웃으십니까?" 하고 물으려는 찰나, 그는 그 사람이 더 이상 족장이 아니라는 걸 알아차렸다. 그건 얼마 전 자기 집에 들렀던 바로 그 장사꾼이었다. 땅 이야기를 해준 사람이었다. 파홈이 "여기 오신 지 오래됐습니까?" 하고 물으려 할 때, 그가 보니 그 사람은 또 장사꾼이 아니라, 예전에 볼가강 근처에서 자기 마을에 올라왔던 농부였다. 그런데 곧 그 사람마저도 아니었다. 그건 바로 악마였다. 뿔이 달리고 발굽이 있는 악마가 그 자리에 앉아 키득거리고 있었고, 그의 앞에는 맨발에 셔츠와 바지만 입은 채 땅바닥에 엎어져 있는 사내가 하나 누워 있었다. 파홈은 그 사내가 누군지 자세히 들여다보았고, 그가 죽어 있다는 것과, 그것이 바로 자기 자신이라는 걸 알아차렸다!

파홈은 공포에 휩싸인 채 잠에서 깼다.

'정말 기이한 꿈이었어,' 그가 생각했다.

주위를 둘러보니, 텐트 문 너머로 새벽이 밝아오고 있었다.

'이제 깨워야겠군. 출발해야지,' 그는 중얼거렸다.

파홈은 일어나 자신의 하인(수레 안에서 자고 있던)을 깨우고, 마구를 채우라고 지시했다. 그리고 바시키르족을 부르러 갔다.

"들로 나가 땅을 재야 할 시간이오." 그가 말했다.

바시키르들은 일어나 모이기 시작했고, 족장도 함께했다. 그러고는 다시 쿠미스를 마시기 시작했고, 파홈에게도 차를 권했다. 그러나 그는 머뭇거리지 않았다.

"가야 한다면 갑시다. 벌써 늦었소." 그가 말했다.

8

바시키르족은 준비를 마치고 모두 출발했다. 일부는 말을 타고, 일부는 수레를 탔다. 파홈은 하인과 함께 자신의 작은 수레를 몰고 갔으며, 삽도 챙겨갔다.

초원 지대에 도착했을 때, 동틀 무렵 붉은빛이 번지고 있었다. 그들은 바시키르족이 '시한(shikhan)'이라고 부르는 언덕에 올라, 말과 수레에서 내려 한곳에 모였다. 족장이 파홈에게 다가와 팔을 들어 평원을 가리키며 말했다.

"보시오. 저기 눈에 보이는 데까지 전부 우리 땅이오. 당신이 원하는 만큼 가져가시오."

파홈의 눈이 반짝였다. 손바닥처럼 평평하고, 양귀비 씨처럼 새까만 황무지였다. 곳곳의 낮은 습지에는 키높이까지 자란 다양한 풀이 무성했다.

족장은 여우털 모자를 벗어 땅 위에 내려놓으며 말했다.

"이게 기준이 될 것이오. 여기서 출발해서 다시 이 자리

로 돌아오시오. 당신이 도는 만큼의 땅이 전부 당신 것이
오.”

파홈은 돈을 꺼내 모자 위에 올려놓았다. 그리고 겉옷을
벗어 소매 없는 속옷 차림이 되었다. 허리띠를 풀어 배 아래
로 단단히 조이고, 옷 가슴에 빵을 담은 작은 주머니를 넣었
으며, 허리띠에는 물병을 달았다. 그는 장화를 추켜 올리고
하인에게서 삽을 받아 들고 출발할 준비를 마쳤다.

어느 방향으로 갈지 잠시 고민했다. 어느 쪽이든 좋아 보
였기 때문이다.

‘괜찮아. 해 뜨는 쪽으로 가자.’ 그렇게 결심한 그는 동쪽
을 향해 몸을 돌리고 기지개를 켜며 태양이 지평선 너머로
떠오르기만을 기다렸다.

‘시간을 낭비하면 안 돼. 아직 시원할 때 걸어야 쉬울 테
니까.’

태양빛이 막 지평선 위로 번지기 시작하자, 파홈은 삽을
어깨에 메고 초원으로 내려섰다.

파홈은 서두르지도 느리지도 않게 걷기 시작했다. 천 걸
음쯤 걷고는 멈춰서 구덩이를 하나 파고, 흙덩이를 쌓아 표
시를 남겼다. 그 후 다시 걸었다. 몸이 풀리자 그는 걸음을
조금씩 재촉했다. 얼마 지나지 않아 또 하나의 구덩이를 팠
다.

그는 뒤를 돌아보았다. 햇살 속 언덕은 뚜렷이 보였고, 그 위에 사람들과 수레 바퀴의 반짝임이 보였다. 대략 계산해 보니 그는 이미 3마일쯤 걸은 듯했다.

날씨는 점점 더워졌고, 그는 속옷 윗도리를 벗어 어깨에 걸쳤다. 계속 걸었다. 이제는 꽤 더워졌고, 그는 태양을 바라보며 아침을 생각했다.

'첫 구간은 끝났어. 하루에 네 구간이라 치면 아직 방향을 틀기엔 이르지. 그래도 장화를 벗어야겠다.'

그는 앉아서 장화를 벗고 허리띠에 끼웠다. 걷기는 훨씬 수월해졌다.

'3마일쯤 더 가자. 그리고 나서 좌측으로 틀자. 이곳 땅이 너무 좋아, 놓치기 아깝다. 갈수록 땅이 더 좋아지는 것 같아.'

그는 한참을 곧장 걸었고, 뒤를 돌아보니 언덕이 거의 보이지 않았고, 그 위에 사람들은 개미처럼 작게 보였다. 햇살 속에서 반짝이는 무언가가 간신히 보일 뿐이었다.

'이제 이 방향은 충분히 걸었어. 방향을 틀 때가 됐지. 게다가 온몸에 땀이 흐르고, 목도 타는군.'

그는 멈춰 큰 구덩이를 하나 파고 흙을 쌓았다. 이어서 물병을 풀어 물을 마시고, 방향을 왼쪽으로 꺾었다. 계속 걸었다. 풀은 무성했고, 날씨는 매우 더웠다.

파홈은 점점 지쳐갔다. 태양을 바라보니 정오쯤 되어 있었다.

'잠깐은 쉬어야겠군.'

그는 앉아서 빵을 조금 먹고 물을 마셨다. 그러나 눕지는 않았다. 자칫하면 잠들까 걱정이었기 때문이다. 잠시 앉아 쉰 후, 그는 다시 걷기 시작했다. 처음엔 가벼운 발걸음이었다. 식사를 해서 기운이 났던 것이다. 그러나 곧 날씨는 끔찍하게 더워졌고, 그는 졸리기 시작했다. 그럼에도 불구하고 그는 계속 걸었다.

'한 시간쯤만 고생하면, 평생이 편해질 텐데.'

이 방향으로도 그는 꽤 멀리 갔다. 그리고 다시 왼쪽으로 방향을 틀려던 순간, 습한 골짜기가 눈에 들어왔다.

'저긴 그냥 지나치기 아깝군. 아마 아마포 재배에 적합하겠어.'

그는 골짜기를 지나간 다음에야 구덩이를 파고 코너를 틀었다.

파홈은 언덕을 바라보았다. 더위에 공기가 아지랑이처럼 흔들려, 언덕 위 사람들이 희미하게 보였다.

'아차, 방향을 너무 길게 잡았군. 이번 구간은 짧게 가야겠어.'

그는 셋째 변을 따라 좀 더 빠르게 걷기 시작했다. 태양을 보니 이미 수평선 중간쯤 내려와 있었고, 아직 세 번째 변의 2마일도 채 끝내지 못한 상태였다. 언덕까지는 여전히 10마일이나 남아 있었다.

'안 되겠다. 비록 땅이 비뚤어지긴 하겠지만, 이제는 곧장 언덕으로 돌아가야 해. 너무 멀리 갔다간 아예 해가 지겠어. 이만해도 땅은 충분히 넓어.'

그는 급히 구덩이를 하나 파고, 언덕을 향해 직선으로 걷기 시작했다.

9

파홈은 언덕을 향해 곧장 나아갔지만, 이제는 걷는 것조차 힘에 부쳤다. 그는 더위에 완전히 지쳐 있었고, 맨발은 베이고 멍들었으며 다리는 점점 말을 듣지 않았다. 그는 쉬고 싶었지만, 해가 지기 전에 돌아가려면 멈출 수 없었다. 태양은 누구도 기다려 주지 않았고, 점점 더 낮아지고 있었다.

'아, 이런,' 그가 생각했다. '욕심을 부리다 실수한 건 아니겠지? 너무 늦어버리면 어쩌지?'

그는 언덕과 태양을 번갈아 보았다. 목적지까지는 아직 멀었는데, 태양은 이미 지평선 가까이에 와 있었다. 파홈은 계속 걸었다. 걷기는 몹시 힘들었지만 그는 점점 더 속도를 높였다. 계속 전진했지만 여전히 거리는 멀었다. 그는 마침내 달리기 시작했고, 겉옷과 장화, 물병과 모자를 내던졌으며, 삽만은 지팡이처럼 의지하며 손에 쥐고 있었다.

'이걸 어쩌면 좋단 말인가,' 그는 다시 생각했다. '너무 많이 움켜쥐다가 모든 걸 망쳐버렸어. 해 지기 전에 도착하지 못할 거야.'

이 두려움 때문에 그는 더욱 숨이 가빠졌다. 파홈은 계속 달렸다. 흠뻑 젖은 셔츠와 바지가 몸에 달라붙었고, 입안은 바싹 말랐다. 그의 가슴은 대장간의 풀무처럼 들썩였고, 심장은 망치처럼 쿵쾅거렸으며, 다리는 마치 자기 것이 아닌 것처럼 휘청거렸다. 파홈은 이 무리한 기세에 자신이 죽을지도 모른다는 공포에 사로잡혔다.

죽음이 두려웠지만 그는 멈출 수 없었다. '여기까지 달려와 놓고 지금 멈추면 모두들 나를 바보라 부를 거야,' 그가 생각했다. 그는 계속 달렸고, 점점 가까워지자 바시키르족이 그를 향해 소리치며 외치는 것이 들렸다. 그들의 외침은 오히려 그의 심장을 더욱 자극했다. 그는 마지막 힘을 끌어모아 계속 달렸다.

태양은 지평선 바로 위에 걸려 있었고, 안개에 싸여 피처럼 붉고 커 보였다. 지금이다, 바로 지금 해가 지려 하고 있었다. 태양은 거의 땅에 닿을 듯 낮았지만, 파홈 역시 목표 지점에 거의 다다라 있었다. 그는 언덕 위에서 사람들이 팔을 흔들며 그를 재촉하는 모습을 볼 수 있었다. 땅 위에 놓인 여우 가죽 모자와 그 위의 돈, 그리고 옆구리를 잡고 앉아 있는 족장의 모습도 보였다. 그 순간 파홈은 자신의 꿈을 떠올렸다.

'땅은 충분히 얻었지만,' 그가 생각했다. '하느님께서 내가 그 땅에서 살도록 허락하실까? 나는 내 목숨을 잃었다, 내 목숨을 잃었어! 나는 저기까지 절대 도착하지 못할 거야!'

파홈은 땅에 닿아 있는 태양을 바라보았다. 이미 한쪽은 사라져 있었다. 그는 남은 모든 힘을 쥐어짜 몸을 앞으로 숙이고 돌진했다. 다리가 넘어지지 않으려면 거의 따라오지 못할 지경이었다. 바로 언덕에 도착하는 순간, 갑자기 어두워졌다. 그가 위를 올려다보니 태양은 이미 져 있었다. 그는 비명을 질렀다. '내 모든 수고가 헛수고였구나,' 그가 생각하며 멈추려 했지만, 바시키르족의 외침이 여전히 들렸고, 아래에서 본 자신에게는 해가 진 것처럼 보여도 언덕 위에서는 아직 태양이 보일 수 있다는 사실이 떠올랐다. 그는 크게 숨을 들이쉬고 언덕을 향해 달려 올라갔다.

그곳은 아직 밝았다. 그는 꼭대기에 도착해 모자를 보았다. 그 앞에는 족장이 옆구리를 잡고 웃고 있었다. 다시 한 번 파홈은 자신의 꿈을 떠올렸고, 비명을 질렀다. 그의 다리는 그 밑에서 힘을 잃었고, 그는 앞으로 쓰러지며 두 손으로 모자에 닿았다.

"아, 정말 훌륭한 사내로군!" 족장이 외쳤다. "땅을 아주 많이 얻었어!"

파홈의 하인이 달려와 그를 일으키려 했지만, 그의 입에서 피가 흐르고 있는 것을 보았다. 파홈은 이미 죽어 있었다!

바시키르족은 혀를 차며 안타까움을 표시했다.

하인은 삽을 집어 들어 파홈이 누울 만큼의 무덤을 팠고, 그를 그 안에 묻었다. 머리에서 발뒤꿈치까지 여섯 피트, 그가 필요로 했던 땅은 그것이 전부였다.

마이너스 옮긴이

해밀누리 출판사의 안팎에서 모인 번역팀은, 언어라는 거대한 광산 속에 숨겨진 가장 빛나는 보석을 찾아내는 광부라는 뜻으로 마이너스(Miners)라는 이름을 지었다. 단순히 한 언어를 다른 언어로 바꾸는 데서 멈추지 않고, 글에 담긴 영혼과 맥락, 그리고 저자의 진정한 의도를 찾아내기 위해 끊임없이 노력한다. 숙련된 광부가 원석의 내면을 꿰뚫어 보듯, 마이너스는 문장이 지닌 고유한 빛을 발견하고, 그것을 섬세하게 다듬어 세상에 선보이는 것을 팀의 사명으로 삼고 있다.

고전 단편으로 알아보는
인간의 선택

초판 1쇄 발행 2026년 1월 23일

지 은 이	이반 투르게네프, 토마스 하디, 기 드 모파상, 셔우드 앤더슨, 안톤 체호프, 허먼 멜빌, 에드가 앨런 포, 레프 톨스토이
옮 긴 이	마이너스
펴 낸 이	송누리
편 집	해밀누리 편집부
디 자 인	강영은
마 케 팅	김경래, 최승윤
펴 낸 곳	해밀누리
등록번호	제2024-000196호
등록일자	2024년 8월 16일
주 소	서울, 마포구 성지길 25-11, 지층 1190호 (합정동)
메 일	haemilnuli@gmail.com
I S B N	979-11-7505-217-8 (00840)